SV

Dorothea Zeemann
Eine unsympathische Frau
Erzählungen

Suhrkamp

Zweite Auflage 1983

Druck: MZ-Verlagsdruckerei GmbH, Memmingen
Printed in Germany

Eine unsympathische Frau

Schlüsselkind

Da Großmutter doch ihm zuliebe bereit war, es auf sich zu nehmen, ein Opfer zu bringen und es gut zu meinen: ihm den Kopf streichelte, sich selbst lobte und sich wohl fühlte, schien es ganz und gar unmöglich, nein ich will nicht zu sagen. Da es aber auch ganz und gar unmöglich sein konnte, in diesem Jahr noch ein zweites Mal die Qual einer Ferienreise mit ihr zu erdulden, warf er sich auf den hellen Teppich und weinte. Mutter setzte sich zu ihm und zog seinen Kopf in ihren Schoß. Ihr Gesicht hielt sie der Großmutter entgegen und erklärte hell und entschlossen, daß er nicht muß, was er nicht will, daß Zwang das letzte ist, was sie ihm antun kann. Jetzt fühlte Mutter sich wohl, indem sie, ein Opfer bringend, es auf sich nahm, ihn hier zu behalten, während sie zugesagt hatte, im Kaufhaus Überstunden zu leisten. Die Pein der Dankbarkeit schmälerte das Vergnügen an ihren Küssen. Aber sie duftete angenehm nach dem Parfüm, das ihr die elegante Nachbarin geschenkt hatte. Trotz seiner Ferien ging er am Morgen mit der Mutter aus der Wohnung, trug die große Tasche und nahm diese wieder nach Hause mit dem Essen, das Mutter nebst einem Fertiggericht für ihn besorgte, das er sich mittags aufwärmen sollte. Die Schlüssel, auch die der Nachbarin – weil er in ihrer Abwesenheit die Blumen pflegte und die Post einsammelte –, trug er an einer Kette um den Hals und fühlte ihre Glätte, fühlte sie an seinem Magen. Die Nachbarin, auch eine, die seine Brav- und Gescheitheit hochspielte, galt mehr als Mutter und Großmutter, was ihn befremdete und verwirrte. Als Sekretärin eines Managers reiste sie viel, kam herum und brachte Briefmarken und Süßigkeiten für ihn und für Mutter Parfüm mit. Sie schenkte Mutter ab und zu ein kostspieliges Kleid, aber Mutter sagte dann: »Was soll ich damit, er läßt mich ja nicht einmal ins Kino gehen.« Das traf ihn hart, konnte aber nicht geändert werden, denn dem

Grauen, daß sie abends noch einmal und schön gekleidet ihn allein zurückließ, dem hielt er nicht stand. Es galt als verboten für Kinder ohne Erwachsene, den Lift zu benützen, er fuhr aber trotzdem, weil in dem leeren, hallenden Haus kein Mensch ihn hätte beobachten können.

Es arbeiteten jetzt alle, die noch nicht weggefahren waren, in der Stadt. Schnell wie ein Fliehender sperrte er die Wohnungstür auf und schlüpfte in den dunklen Vorraum. Von da führte eine Tür ins Klo, eine in die Küche und die dritte in ein Zimmer. Die Zimmer hatte Mutter versperrt, auch aus der Küche kam er nicht in das zweite Zimmer der Wohnung. Aber die helle Küche bot ihm einen schönen Arbeitsplatz, einen Klapptisch am Fenster, durch das er aus hoher Höhe die lange Einzugsstraße hinauf blicken konnte, bis Autos und Straßenbahn klein wurden und verschwanden. Neben seinem Malkasten lag ein kleiner Operngucker, den ihm die Nachbarin zur Benützung überließ und der ihn ins Geschehen miteinbezog. Außer seinem Malkasten stand ihm auch noch ein Stoß alter Illustrierter zum Ausschneiden zur Verfügung. In die Zimmer durfte er nicht, weil er behauptete, die Tapete nicht ausstehen zu können, und es einmal unternommen hatte, sie zu bemalen, da Mutter eine Art Braun bevorzugte, das sie als beige bezeichnete, ihn aber an die Scheiße seiner gallenkranken Großmutter erinnerte, was ihm nicht so klar war wie der Umstand, daß derartigen Ekel in Worte zu fassen nicht erlaubt war. Er sagte nichts und fand es wie Mutter lächerlich, daß eine Farbe das Verhältnis zwischen Mutter und Kind zu trüben imstande sein sollte. Sie hielt alle Schattierungen von beige, braun und grün für vornehm, und es war deutlich genug, daß vornehm etwas Inappellables bedeutete. Er vermied dieses Vornehme in seinen Kreationen, und so klebten denn alle seine Bilder an den Vorzimmerwänden, wo sie nur künstliches Licht traf. Unbegreiflich, daß Mutter den Unterschied, den das machte, nicht einsah. Die Nachbarin erklärte es ihm und ihr, daß sich durch die elektrische Birne ein Filter über die Farben legte, der diese schluckte und betonte und die gesamte Stimmung veränderte. Die Mutter sagte: Na, wenn schon! und ihm wurde der Unterschied zwischen Mutter und Nachbarin greifbar, obwohl beiden rotblondes Haar ein wenig über den Nacken hing und sie es sich manchmal gegenseitig als Knoten hochsteckten. Die zwei »Huren« nannte sie Großmutter, ein Wort, das ihm fremd war, aber die Gleichartigkeit bescheinigte, die auch er empfand, wobei das Rätsel des Respektes bestehen blieb, den Mutter zur Schau trug: »Mein Gott, sie hat was gelernt, verdient mehr Geld, beherrscht Sprachen und kann viel leichter als ich den Männern was pfeifen!« Ihre Wohnung, kahler als Mutters beide Prunkzimmer, zeigte nirgend Furniere, sondern weiße Einbauschränke in weißen Wänden, bunte Bücher auf offenen Regalen und eine große schwarze Liegewiese mit vielen farbigen Pölstern. Wenn er eintrat, um die Blumen zu gießen, war er mit sich selbst verlegen, denn sein Selbstporträt hing in einem Passepartout an einem Nagel am Bücherbord. Er hatte es auf Rat seines Zeichenlehrers naß auf naß als Aquarell gemalt, die Farben ohne entschiedene Konturen hingetupft und ineinanderfließen lassen, ohne Rücksicht auf Ähnlichkeit, einfach auswendig, die Lippen breiter, die Nase noch kleiner und die Ohren noch abstehender, den Kopf kahl, und es sah aus wie das Gesicht eines kranken Mädchens. Es drückte aus, was ihn bedrückte: Mutter hatte sich ein Mädchen gewünscht. Wenn er da nicht vom Bord auf sich blickte, könnte er auf dem schwarzen Bett liegen und eine Platte mit Klavierspiel auflegen, aber sein eigenes Werk störte ihn und das Gefühl, hier noch fremder zu sein als drüben, wo er nun einmal hingehörte. Wenn die Nachbarin zu Hause war, löste sie manchmal Schokoladenpulver in heißer Milch für ihn auf und schob ihm Kekse aus ausländischen Packungen zwischen die Zähne: »Laß dir doch die Haare wachsen, armer Bub, du bist hübsch«, sagte sie. Auch die Großmutter pflegte »armer Bub« zu ihm zu sagen, worüber er sich ebenso wie Mutter sehr aufregte. Am leichtesten wartete es sich schon an seinem Küchenfenster mit dem Blick tief in die Straßenschlucht, die er entlang sehen konnte, die, wenn auch fern, so doch voller Bewegung und Leben die Bilder wechseln ließ. Er fixierte dort unten Ausschnitte mit dem Operngucker der Nachbarin und malte dann Flecken aufs Papier, die Formen annahmen wie die gesehenen. Manchmal waren es Ornamente. Wenn er müde wurde, die Aufmerksamkeit schwand, saß er gespannt und mußte sich zwingen, nicht die Türen zum Stiegenhaus weit zu öffnen und offen zu lassen, um eine Verbindung mit anderem Leben herzustellen. (Das fiel weg, wenn die Nachbarin zu Hause war und nebenan trällerte, badete oder eine Platte spielte.) Manchmal hielt er die Muschel ans Ohr, die sie ihm mitgebracht hatte, aber dieses hohle Brausen, das direkt aus dem Universum kam, machte ihm noch mehr Angst. Ebenso die Radiomusik, die wie ein Weglocken war von den Gefahren der Stille und dem, was sich in ihr zusammenbraute. Wenn Mutter dann kam, und sie kam pünktlich, sie ließ ihn nicht warten, nicht mehr als nötig, empfand er ihr lautes und fröhliches Eintreten als Verrat. Als fiele er jetzt nicht in Lockerung wie in Bewußtlosigkeit, ins bodenlose Zerrinnen aus der Stille, in wohliges Zittern an ihrem straffen erhitzten betriebsamen Fleisch. Er hielt sich fest, um nicht umzufallen, und sie vermochte lachend zu sagen: »Laß mich doch, geh doch, ich will mich umziehen. Wir gehen noch aus!« Sie spürte nicht, daß er sich anklammerte, um seine Fassung zu finden, denn wenn mit der Einsamkeit der Zwang, sich aufrecht zu halten, gewichen war, brauchte er eine Weile, um seine Abhängigkeit von ihrer Gegenwart so weit zu verbergen, daß er neben ihr frei zu existieren vermochte, wie in ihrer Abwesenheit. »Laß mich doch, du weißt, daß ich dich nicht länger allein lasse, als nötig ist, das weißt du doch. Du hättest ja mit Großmutter fahren können, mein Gott, zittere doch nicht so ... es dauert nur noch eine Woche, dann komme ich wieder um fünf nach Hause und wir machen auch ein paar Tage Ferien, wir zwei miteinander, und ich habe dann eine große Überraschung für dich. Wünsch dir eine Farbe! Ja, sogar die Farbe darfst du dir wünschen. Du bekommst ein sehr schönes Geschenk in deiner Lieblingsfarbe.« »Ja, blau, Mama.« Und er dachte an ein T-Shirt und er sagte schnell: »Blau so wie meine Jeans!« um einem allzu grünlichen Blau vorzubeugen.

Sie hatte immer vorgehabt, ihr eigenes Leben zu leben, und da gehörte natürlich ein Kind dazu – ihre Legitimation als Frau – ein Teil ihres eigenen Lebens. Auch in ihr bebten Angst und Sehnsucht den Tag lang, aber auch die Freude aufs Wiedersehen und die Genugtuung, es für beide so schön zu machen wie nur möglich – »ist ja alles gut, mein Liebling, und es wird immer besser, wir bleiben zusammen, und warte nur, in ein paar Tagen wirst du noch glücklicher sein.« Nachts schläft er dicht an sie gepreßt, die Hand an ihrer Hüfte, dort, wo ein bißchen mehr Fleisch drauf ist, und aus diesem Zusammenschlaf wird nie ein dickes Ende kommen, wie die Nachbarin behauptete. »Weil sie kein Kind hat, ist sie neidig und auch traurig, weißt du!« Großmutters Karte kam aus Formentera. »Ist das weit weg, Mama?« – »Ja, das ist weit weg, gottseidank.« – »Und als du klein gewesen bist, Mama?« – »Da bekam Großmutter Prügel von ihrem Mann.« An dem Tag, an dem Mutter früher nach Hause kommen sollte, verspätete sie sich. Er lag wie eine geballte Faust auf dem Boden, elastisch vor Gespanntheit, die Uhr in der Hand, sich selbst von Minute zu Minute beschwörend, eine weitere Minute zu warten, ehe er schreiend hinunter auf die Straße lief. Da war sie, endlich stand sie da, beide Arme um ihn geschlungen, lachend hob sie ihn hoch, küßte mit nassen Lippen sein nasses Gesicht, leckte die Tränen aus seinen Augen, daß er die feinen rötlichen Härchen auf ihren Armen sehen konnte. Er war wieder ein Teil von ihr, ihr Atem und ihr Blut nährten ihn. Sie sprach zu ihm, und er hörte nichts. Sie sagte: »Verzeih, mein Kleiner, verzeih mir, du wirst gleich sehen, warum ich später kam. Gleich wirst du große Augen machen, dich freuen. Dein Geschenk steht unten, wasch dir das Gesicht. Ich zieh mein grünes Kostüm an und du die Lederjacke, wir gehen aus, wir essen im Freien, wie Leute, die sich's leisten können, du bist mein Kavalier, wir machen heute alles so wie die ganz feinen Leute, – mein Ein und Alles auf der Welt, es gibt nur Ursachen, fröhlich zu sein. Lach, bitte lach wieder, sei nicht traurig! Um Gotteswillen, hör auf mit dem Geplärr!« Er brachte es nicht fertig, sich zu beruhigen. Er versuchte es, aber der Zwang vieler Tage, ruhig zu bleiben, hatte ihn erschöpft. Sie zog sich aus und zog sich an, tat Puder auf die Nase und Schatten auf die Lider und sah schräg auf ihn und schüttelte den Kopf, als seine Erregung allmählich verebbte. »Bis zum nächsten Wochenende bin ich frei, morgen können wir schon wegfahren, ja?« Er hörte nicht zu, er hatte genug damit zu tun, allmählich glücklich zu sein, daß sie nur da war und »Komm, komm« sagte, ihn zum Lift führte und mit ihm hinunter fuhr. Am Parkplatz im Hof schlängelte sie sich durch die abgestellten Autos der Hausbewohner, blieb bei einem glänzend lackierten blauen Auto mit vier Türen stehen und öffnete alle vier. »Bitte, junger Herr, steigen Sie ein, das Auto gehört Ihnen, und ich bin Ihr ergebener Chauffeur.« Sie strahlte, und er zuckte vor Schreck zusammen – es war zuviel für ihn. »Ich habe keine Überstunden gemacht, Schatz, ich habe fahren gelernt.« Da weinte er wieder. Sie nahm die Enttäuschung nicht hin, sie beutelte ihn und küßte ihn und schob ihn auf den Rücksitz. »Dort bist du sicherer«, sagte sie und setzte sich hinter das Lenkrad. Er beobachtete den Stolz, die stolze Sicherheit, mit der sie das Lenkrad weniger ergriff als beide Hände darauf legte mit derselben Sicherheit, mit der sie ihn immer noch in die Luft schleudern und sich dabei herumdrehen konnte. Mühelos machte sie das – legte den Knüppel ein, preschte los und verbrauchte all seine Kraft für ihr Leben. Er warf sich in die grün-braun-beige Polsterung, auf die Mutter so stolz war, und kotzte in wilden Stößen. Es war ihr ein Rätsel, aber sie putzte es schweigend und nachdenklich wieder sauber.

Arbeitsunfall

Ilses Herz, das kriecht auf der Fassade des kleinen Palais von einem Putto zum anderen, um die Früchte und Blätter herum, die da seit nahezu zweihundert Jahren von den Tauben beschissen werden. Kein besonderes Haus, nur eben ein altes, nur ein vornehmes, das soll heißen: mit Allüre. Da drinnen würde Ilse nun acht Tage lang wohnen. Allein, aber ja, allein, denn was gilt ihr ein Kind von nicht ganz vier Jahren, ein Knabe, der noch immer nicht sprechen kann. Er sieht nicht dumm aus, der Kleine, vielleicht hat er recht, wenn er das Sprechenlernen auf später verschiebt. Er benimmt sich störrisch und will nicht weiter, er ist ein Baby und basta. So äußert sich sein Vater, der ihn mit schiefen Blicken mißt und jetzt ungeduldig am eichenen Portal wartet. Davor, in der engen Einbahnstraße, parkt ein enormes Auto, dessen Marke Ilse nicht kennt. Der Chirurg ist der einzige Schwerverdiener, den Ilse kennt. Der Mann mit den goldenen Händen hatte sie operiert, weil Ilses Tante im Operationssaal als Krankenschwester arbeitet. Ein Mensch ist dieser Arzt, der den Reichtum, der zum Teil ererbt ist, auch verdient. Ungeduldig drängt er zur Abreise in ein paar Ferientage, gut sieht er aus und gefällt Ilse. Er ist nicht ihr Problem. Ihr Problem ist die Frau des Chirurgen, denn die lebt ihr vor, was Ilse nicht sein kann: der Mond einer solchen Sonne, in Schönheit und glattem Glück. Schmal und lang steckt sie in einem Kostüm von Valentino. Ilse weiß, wo man einkauft. Bei ihr selbst lohnt es sich nicht, und dennoch ist sie – klein und rundlich – auf dieser Welt, ohne Haltung, wie Harald es rügt. Man verliert die Haltung nicht, sagt Harald. Ilse denkt, die Haltung verlieren ist genau das, was man tun muß, wenn man leben will. Andrerseits mag sie, was Harald mit Haltung aus sich macht: so, zum Anschauen.

Die Frau des Chirurgen hat ihr Studium aufgegeben, weil ihr

die Schönheit wichtiger geworden ist, als der Chirurg sie zu seinem Gegenstand erkoren und verlangt hat, daß sie nichts ist als das, die Frau des Chirurgen. Ilse ist faul. Ihr ist das Studium nicht der Mühe wert – sie hat Harald lieber als den Ehrgeiz, selber etwas zu sein oder zu werden.

Von diesem Job hat Harald ihr abgeraten: Mach ihnen nicht den Trottel, hat er gesagt, und Ilse belügt ihn über die Höhe der Entlohnung, denn sie will nicht, daß er die Weinzettls als knausrig ansieht. Das paßt nicht zur Verehrung, die Ilse für die beiden empfindet, die ihrerseits Ilse mögen, weil sie Ilse für drollig halten.

Drollig! Und dazu die Haltung, die Harald verlangt.

Ilse pfeift auf Haltung. Sie weiß noch nicht, daß Schönheit sich ihr verdankt. Wenn sie die Weinzettl sieht, will sie selber nichts anderes sein als ein geliebter Gegenstand zum Anfassen, Küssen und In-die-Arme-Nehmen.

Da bist du ja, sagt Harald.

Armer Harald, womit gibt er sich zufrieden!

Der Kleine bleibt gleichgültig, als die Eltern weggleiten. Der Rassehund auf dem Rücksitz knurrt. Einen Augenblick lang zweifelt Ilse: Was soll's?

Ein gutes Haus! Aus gutem Haus! Dienen war die Chance. Sei es als Babysitter. Ilse will dienen. Rückhaltlos auch wegen der Schönheit des gutes Hauses.

Sie trottet mit dem teilnahmslosen Kind an der Hand durch die Räume. Durch die feinen Schleier der Vorhänge blickt sie in die Gassenrinne, in die ein dünner Regen streifig hereinfällt, auf die verwischten Fassaden gegenüber, die plan wirken wie eine Graphik an der Wand. Die Lichter glühen drüben in fremden Zimmern und löschen den Tag aus, ohne zu leuchten. Aus dem Hinüberträumen schreckt sie der Anblick des ebenholzschwarzen Bücherschrankes mit den bunten Einbänden hinterm geschliffenen Glas. Sie liest die Titel und nimmt nicht wahr, daß sich das Kind entfernt, und erschrickt, als sie es später mit abweisendem Rücken auf dem hellen

Teppich seines eigenen Spielzimmers sitzend findet. Wie ein Wurm im Apfel. Der Anblick des Kleinen tötet Ilses zärtliche Regung für alles, was mit den Weinzettls zusammenhängt. Sie dreht das Radio an, der Kleine schaltet stumm und herrisch wieder aus. Sie will ihn mögen und sucht den Blick seiner blanken Augen. Sie nimmt die Skripten, die sie mitgebracht hat, und versucht zu lernen. Aber sie vermag nicht, sich zu konzentrieren, und ist erleichtert, als es klingelt. Die Großmutter kommt, um das Kind zum Spazierengehen abzuholen. Sie wartet draußen ab, bis der Enkel mit Regenmantel und Schirm versehen ist, denn sie betritt das Haus des Schwiegersohnes nie. Der graue, nappalederne Handschuh, der nach dem Kind faßt, bleibt Ilse im Gedächtnis. An dem Handschuh hängen das Kind und die kleine dünne Elegante. Grau, glatt in diskretem Glanz.

Zwischen den weißflügeligen Türen unter der hohen Decke sucht Ilse nach ihrem guten Tag. Sie wartet. Die Vergangenheit macht ihr bange. Sie liegt auf der Rècamiere wie ein Witz. Luxus ist ihr Ziel und der schnöde Mammon. Aber die Fahrt geht abwärts in den Dreck!

Von der Zentralheizung steigt warme Luft auf zur Täfelung des Plafonds, und von dort kommt die Beize vieler Jahre: der alte Honigduft von Pfeifentabak. Ilse zieht die Schuhe aus, und die Zehen graben sich in die hohe Wolle der Teppiche. Sie sucht nach einer Schallplatte in der Musiktruhe, die neben dem gläsernen Zelt einer Bar in der Diele steht. Erleichtert nimmt sie an der Tür den kleinen Hubsi in Empfang, schält ihn aus dem Mantel und hält ihn im Arm, als sie die Nadel einsetzt und einen Tango spielen läßt. Sie küßt den Knaben, der sich steif macht, auf die eisigen Backen und schiebt sich und ihn durch den Raum.

Mein Gott, Knabe! seufzt sie.

Sie legt den verjazzten »Tannhäuser« auf und geht in die Küche, um den Tee zu bereiten. Dann verweilt sie im Anblick des Kochgeschirrs aus Stahl und der Tassen und Teller aus weißem Porzellan. Das Leinen der Tücher fühlt sie zwischen den Fingerspitzen, und die schwarzweißen Kacheln des Bodens behüpft sie mit bloßen Sohlen. Sie balanciert das Silbertablett mit Tee und englischem Kuchen durch die Diele und fürchtet den Anblick des abweisenden Kinderrückens, schließt einen Moment die Augen, nimmt sich vor, ihn herzlich und fest zu umarmen, an sich zu drücken, um seine Zuneigung zu betteln.

Sie will ihm nicht aufmunternd zureden wie eine Kindergärtnerin, nicht auffordernd in die Hände klatschen wie ein Tanzmeister. Nix.

Als sie ins Zimmer tritt, ist Klein-Hubsi eben dabei, ihre Skripten zu zerreißen. Jesses Maria.

Voll Haß sehen sie einander an. Sie kapituliert nicht. Sie zerrt das Kind in ihre Arme und zwingt es in eine Nähe, die sein muß, um diese Woche zu ertragen, die ihnen bevorsteht. Der Kleine sieht ihr bewegungslos und aufmerksam zu: läßt alles mit sich geschehen, als sie ihn herzt und küßt und zu beschwören versucht, daß zu lieben und geliebt zu werden die einzige Möglichkeit ist, um durchzustehen und weiterzumachen.

Dann geht sie, um ihr Gesicht zu waschen. Sie sieht lange in die Spiegel, tötet jede Möglichkeit von Eitelkeit in sich ab, dreht sich abrupt weg und streicht mit beiden Händen kosend über Flacons und Dosen, über Kanten und Rundungen, riecht an Essenzen und hüllt sich in weiche rot-schwarze Badetücher.

Auf dem weißen Teppich im zentralen Wohnraum sitzt Klein-Hubsi und grinst zum erstenmal. Er ist über und über beschmiert, und aus dem Mund quillt ihm die Schokolade. Er sitzt in seinem Kot, frißt auch diesen und stinkt.

Ilse packt ihn am Bund seiner Hose, trägt ihn ins Badezimmer, steigt mit ihm, so wie sie beide sind, in die Wanne und läßt das Wasser auf sich und das Kind prasseln. Der Strahl prallt ab, und überall erscheinen braune Patzen. Voll Ekel greift Ilse dem Kind in den Rachen um herauszuholen, was da nicht hingehört. Als er sie beißt, zwingt sie ihm die Zähne auseinander wie einem Tier, dem eine Arznei verpaßt werden soll. Hilflos schlägt sie auf ihn ein, um ihn danach, als Abbitte, zu küssen. Er glitscht ihr aus und rennt triefend zur Schokolade, die noch auf dem Teppich liegt. Ilse reißt ihn weg, entwindet ihm, was er in Händen hält, und preßt ihn naß an ihre nasse Brust. Sie liebkost ihn und sagt, daß er dies alles nicht nötig hat, daß sie bereit sei, ihn bedingungslos anzunehmen. Harald hat sie das auch schon beigebracht, obwohl ihm seine eigenen Grenzen immer noch lieber sind als die gemeinsamen. Hubsi, sie selber, Harald und diese ganze ihr überlassene Welt müssen umfangen und gemeistert werden mitsamt der Scheiße, die nun aus Hubsi draußen und in der ganzen Wohnung verschmiert erscheint. Sie kann es nicht ertragen, dem Kleinen dabei zuzusehen, wie er die braunen Dukaten aus der blauen Rolle in den Mund stopft. Sie nimmt ihm die Schokolade weg und schwingt sich damit auf den großen Tisch. Von oben sieht sie den Buben winzig in der Flucht der Räume durch die weitgeöffneten Türen. Sie blickt hinauf zur eichenen Decke und erkennt den silbernen Staub in den Rillen der Kassetten. Sie beschließt eine Weile dort oben zu verharren, wo es nach warmer alter Luft schmeckt, wirft die Schokolade auf den Schrank und breitet ihre Arme aus: Nichts gleicht sich, und nichts ist notwendig das, was es ist. Sie will Geld verdienen, um sich neue Jeans und für Harald einen Pullover zu kaufen. Sie will sich nicht mehr um Hubsi kümmern. Er ist in ihr verdaut und überflüssig. Sie hat ihn gefressen. Seine schöne Mutter als ihr eigenes Muster auch vergessen und den Vater dazu erst recht. Sie mißt keinem zu, was einer sich anmaßt. Der Raum als Kleid, die Luft als Nahrung, die Arme ohne Gewichte wie an Fäden in der Höhe. Sie hört die eigene laute Stimme:

Au, Kind, das tut weh!

Der Kleine hängt mit seinem ganzen Gewicht an einer ihrer

langen Haarsträhnen. Ilse hört noch den Krach, mit dem ihr Hinterkopf auf den Boden aufschlägt. Sie sieht nicht mehr das Kind, wie es mit ausgestreckten Beinen, die Patschhändchen auf den Knien, mit glänzenden Knopfaugen abwartend dasitzt. Was zwischen seinen Waden liegt, ist ein Stück blutender Haut am ausgerissenen Haarbüschel.

Die Eltern fahren zurück, als sich in ihrer Wohnung keiner am Telefon meldet. Ilse ist noch immer bewußtlos. Hubsi schläft neben ihr.

Max und Alice

I

Alice fühlte sich wie im Paradies während des Sündenfalls, noch nicht von Gott verdammt, noch nicht sich ihrer Blöße schämend, den Genuß genießend, nicht begreifend, warum Lust sich verbot, sie sah es nach bald zweitausend Jahren um so weniger ein, als sie sich entschlossen hatte, ihrerseits die ewige Wiederholung abzubrechen – zum Unterschied von der Urmutter war sie über die Verhütung von Folgen aufgeklärt. Alice ließ sich nicht schwängern, sie hatte Kunstgeschichte studiert und analysierte die Träume, die Imaginationen, war fasziniert von Phantasie und Gestaltung.

Für Max waren Sündenfall, Scham und Strafe, obwohl katholisch, aber kaum so erzogen, nie zum Problem geworden. Wieso Verantwortung? Eifersucht galt ihm als die einzige Möglichkeit, Geschlechtsmoral überhaupt zu erwägen und dafür eine Regel auszudenken.

Max verstand sich als Architekt mit Ideen, ein Planer ohne Bauherrn, ohne Geld, ohne Mäzen.

Sie lebten seit zehn Jahren zusammen, von Alices Verdienst als Angestellte eines Museums.

Als Intellektuelle reflektierten sie ihre Empfindungen, Handlungen und Unterlassungen, erlagen sie einem Zwang zur Rechtfertigung, lebten sie dem Geist ihrer Zeit entsprechend, in einer Realität, die sich schneller änderte als je zuvor und verbindliche Dauer weder glaubhaft noch erträglich werden ließ – sprich Stilbildung.

Unter dem Fenster in der Mansarde einer Gründerzeitvilla, die längst als Zinshaus funktionierte, wuchsen ein paar Bäume und Hollersträucher, und in einem der Sträucher nisteten Nachtigallen, die schlugen, schluchzten und sangen, und das des Nachts, wenn Alice und Max nebeneinander oder miteinander schliefen. Das war stimmungsvoll, machte ihre Herzen fromm in lauen Nächten, als sie einander und alles andere um sie herum wunderbar finden wollten und Störendes sich nicht zu fühlen gestatteten.

Doch hatten sie die Wohnung nicht der Nachtigallen wegen gemietet, sondern weil es keine Wahl gab. Sie bezahlten mit allem, was sie besaßen, und mit einigem mehr, weil gegenüber am verhüttelten Hang, durch ärmliche Häuschen zugebaut und halb verborgen, eine Villa stand, die Loos gebaut hatte, den sie beide verehrten. Es gab damals keine bessere Behausung für die beiden, das Loos-Haus war Draufgabe und Fügung. Überschwenglich nahmen sie es als Zeichen eines guten Zufalls.

In Sternennächten sahen sie die Sterne, wenn sie einander nahe waren. Wenn sie einander nahe waren, sahen sie auch in dunklen Nächten und verwirrenden Tagen die Sterne. Sie vermieden verbrauchte Formeln, sagten nie ›Ich liebe dich‹ oder ›Ich bin glücklich‹. Sie erregten sich über den Anblick von Bildbänden, bei der Lektüre von Lieblingsbüchern und im Kino, wenn Buñuels oder Pasolinis Wirklichkeiten abgespult wurden. Es ging ihnen immer nur um Fragen der Ästhetik. Was soll unser Anspruch? Wie kommen wir dazu, ihn zu stellen? Woher unsere übereinstimmende Vorstellung von Vollkommenheit, die uns zusammenbleiben läßt? Räume, Stoffe, Teppiche, ein Bild, ein Mensch? Kafka? Schiele, und so weiter. Und: was soll's?

Das wohlproportionierte Haus von Loos war Zufall und Zeichen auf dem Weg zum Ziel, das immer noch erreichbar schien, als es die Nachtigallen nicht mehr gab und das Loos-Haus ihnen nicht mehr so sehr gefiel. Sie schliefen, arbeiteten und aßen gerne in diesem hellen Raum, mit dem sie sich jeden Morgen neu umgaben, der zu ihnen gehörte wie die tägliche Auseinandersetzung mit dem, was sie taten: der große Zeichentisch, auf dem das Projekt sie ununterbrochen herausforderte, der rustikale Kamin, der die Heizkörper verkleidete: Teile ihrer Seelen, die sich für Kompromisse freihielten und sich strikten Konturen seit neuestem widersetzten. Sie waren sich ihres Geschmacks nicht mehr sicher. Längst hätten sie auf Alicens Gehalt einen Kredit aufnehmen und Stück für Stück ein »Heim aufbauen«, »Schöner wohnen« können, aber in ihrer geübten Fähigkeit, sich etwas vorzustellen, Bild werden zu lassen, brachten sie gerade das nicht mehr fertig. Es paßte genau in ihre Situation, mit dem Projekt zu wohnen, das ihnen die materielle Zukunft sicherte, ihre Gestaltungskraft aber und damit ihre psychische und physische Gesundheit ganz und gar aus der Balance brachte. Das Projekt war eine aus weißem Pappkarton gebastelte Wohnhausanlage für vierhundert Wohnungen, Parkplätze, Kindergarten und Planschbecken. Max hatte es entworfen, Alice ihn mit Kritik und Rat unterstützt. Und nun sahen sie es an wie ein Fremdes.

Max kroch unter seine Decke, er wollte nicht aufstehen, er war verzweifelt. Alice nahm es als Spiel und begann eine Variante ihres täglichen Gesprächs: Stets haben Künstler Auftragsarbeiten mit Auflagen erfüllen müssen, da ändert sich nichts dran. Schon der Michelangelo hat sich mit den Potentaten geärgert.

Ja, ja, aber mit Potentaten, die selbst bestimmen und zahlen, kannst du reden. Nicht mit Magistratsbonzen, nicht mit Beamten – ich trete von dem Projekt zurück.

Corbusier, der gefällt dir auch nicht mehr? Ist das keine Alternative?

Wohnmaschinen für das werktätige Volk! Für die Vielzuvielen. Für die Masse? Was für ein Wort! Für tibetanische Mönche ja: Zellen der Meditation – das gefällt mir.

Reaktionär!

Ich weiß, die Romantik des Märkischen Viertels, Skyscraper in aller Welt, Großfeldsiedlungen, Bretteldorf, die Slums, Kirchen, Paläste, Herrschaftsarchitektur. Oh hör auf!

Und dann begannen sie im Duo zu lamentieren: Das Traurigste an Kunst wird erzeugt durch das Postulat des Wohlergehens für alle: Oh Zellen und Kartausen, Höhlen für Eremiten!

Aber Gaudi, ja Gaudi: der leidenschaftliche spanische Kitsch, die spanische Gotik. Alles dreht sich um einen verlorenen Gott!

Aber Funktionalisten sind das Letzte!

Und die Kirche von Rochamp?

Ist nur schön, wenn die Sonne scheint.

Ich habe eine Idee!

Für unser Projekt?

Ja, ich will es destruieren. Eine Ruine bauen, gleich Ruinen bauen, mit winzigen schrägwinkeligen Wänden, Löchern und Brüchen, aber mit großartigen Scheiß- und Duschanlagen, gekachelt, verchromt, vernickelt, was du willst, Garagen mit Fresken an den Wänden, Hallen für den Müll, eventuell sogar eine Müllzerkleinerungsanlage im Entré. Waschmaschinen, Schwimmbassins, was du dir ausdenken kannst, um am Ausdruck einer komfortablen Zerstörung deine hybride Wollust zu laben.

Alice hörte nicht zu. Ihre Träume spielten mit Silvis Pelzmantel. Den wollte sie tragen. Nicht besitzen, um das gings nicht, nur darum, sich zu dekorieren mit einem smarten Kleidungsstück. Luxus! Ach, Handarbeit aus Pelz und Leder, aus hellem Fell, das zu ihrem schwarzen Haar besser paßte als zu dem hellen Silvis. Silvi selbst war ein Luxus: ein Botticelli – fix und fertig. Aber Alice konnte durch Stilisierung noch geholfen werden. Alice wußte, was ihr fehlte, und verstand damit umzugehen. Und es war so ungeheuer wichtig, an sich selbst, an ihrer Erscheinung zu arbeiten, daß sie darüber Maxens bösen Entschluß, um des Unmöglichen willen hinzuschmeißen, was als möglich bereits ein Privileg schien, nicht hörte.

Ihr Traum lag da, hing in Silvis Schrank, um Silvis Schultern, und Alice hatte die Wirkung ausprobiert, wenn sie sich selber in ihn hüllte. In den Traum aus bester Kürschnerarbeit.

Silvis Schulterbreite und Länge waren auch die Alicens, das Traumstück fiel, es fiel sich selbst zu Gefallen in eigener Schwere und deckte die Konturen und Fehler der Figur darunter. Alice blickte in die Schneehelligkeit des Tages, in das diffuse Licht des Morgens, Max drehte sich seufzend auf den Rücken, und Alice legte ihren Kopf auf seine müde Mitte und streichelte sich, bis ihre Schenkel zuckten: Kohle auf Kupfer; Max kraulte gähnend ihren schwarzen Schopf, verflocht ihn mit seinem krausen Rothaar. So verblieben sie auf dem bunten Bett und sahen das Modell vor sich.

Es kotzt mich an.

Alice stellte ein paar grüne Bäumchen in die Höfe aus Papier. Max, mit haarigen Beinen im kurzen Hemd in der Küche stehend, rieb die Äpfel für das Birchermüsli.

Auf dem Fensterbrett saß eine Amsel und peckte vom Speck, den Alice für die Vögel täglich auslegte. Es war eine Amsel mit gelbem Schnabel, eine männliche Amsel – Alice hatte es gerne, wenn etwas Männliches neben ihr fraß – es machte sie nervös und fröhlich. Max mochte ihre Mütterlichkeit nicht, den Atzungstrieb, der sie nicht vom Vieh unterschied.

Ich bin voll der sklavischen Liebe, die es nicht mehr geben sollte, schrieb Alice in ihr rotes Tagebuch, weil sie sich links fühlte, aus rotem Saffian – ein schönes sattes Rot aus tierischer Haut – von Silvi. Alice benützte es täglich, weil sie klar denken wollte, was sie nicht konnte, wenn sie es nicht gleichzeitig Satz für Satz aufs Papier brachte.

Was einzusehen ist – so stand es da –, ist der Kampf gegen die Macht der Unternehmer, Produzenten, Ausbeuter, Mehrwerteinstreicher. Wie man diesen Kampf führen könnte, wußte sie nicht. Sie brauchten einen privaten Bauherrn, der Max arbeiten ließe.

Sie wußte einen.

Darüber war mit Max nicht zu reden.

Alice vermied es, für Max ein Brot zu streichen, und sagte:

Mein Lieber, wir sind in ästhetische Zwänge gebannt, die volksfremd sind.

Max schrie auf: So ein Blödsinn. Rede mir nicht ein, daß ich im luftleeren Raum lebe.

Alice legte sich auf den Bauch, und Max warf ihr einen Polster zu.

Ich will ganz tief hinein.

Alice duldete dieses a tergo, weil Max es bevorzugte und weil er auch nicht viel von Präliminarien hielt – dazu waren sie schon zu lange beisammen.

Max faszinierte Alice, weil der Drang, etwas zu entwerfen, ihn gefangennahm, weil er imstande war, von seiner Substanz zu leben. Sie betete seine Besessenheit an und fügte sich in allem.

Sie tat Sachliches, Praktisches, Notwendiges den ganzen Tag lang. Sie setzte sich nach dem Frühstück, während Max im Bad lag, an den langen Zeichentisch, um das Layout für Silvis Ausstellungskatalog zu basteln, um über Landschaften in schwimmenden Konturen in Blaßrosa, Blau, bißchen giftigem Grünspan im Faksimile ihren Text zu schreiben, ein wenig chinesisch, nichts besonderes. Schick im Unernst des Geschmacklichen – ein Hauch von Kitsch – wie es Max nicht leiden konnte, aber Alice das Leben sehr erleichterte. Sie beschloß, sich die Bilder noch einmal anzusehen, und schrieb ein Paar Titel auf von Büchern, die sie durchblättern wollte, um Analogien zu finden, um ihre Sache so anständig und fair wie möglich zu machen. Weil sie fleißig und seriös arbeitete, konnte sie damit verdienen, was Max und sie brauchten.

Alice lockerte Max, und er gab ihr Gewicht.

Alice schlenderte durch das aufgeräumte, gepflegte historische Winkelwerk der Innenstadt, sie schlenderte übers anachronistische Pflaster durch die gekehrten Gassen ins alte Gewölbe der Galerie und wünschte sich den römischen Straßendreck herbei. Neu aufgestellte alte Stadtbilder konnte sie nicht leiden, und die saubere Kopie des Gewesenen fand sie steril. Leeres sollte man leer lassen, und nur die Dokumentation absoluter Ödnis, dreckige Zinskasernen und verlassene Viertel mit den Ärmsten der Outcasts reizten zu fruchtbarer Verzweiflung. So dachte sie zuversichtlich an eine Situation ohne Nostalgie und Gesundbeterei, nervös wünschte sie sich ein Gemüt, das niemand in Daunen erstickte. Sie beschäftigte sich mit dem Wort geschmackvoll, denn es galt überall und hatte schichtspezifische Inhalte.

Im Gewölbe standen die Bilder auf dem bläulichen Teppichboden vor den getönt weißen Wänden – nicht gerahmt, nur verspannt, nach Farbstimmungen geordnet, sehr kultiviert. Sie saß zwischen den Lattentüren, die das Licht in Streifen einließen, und freute sich, daß diese Streifen die Bilder zerstörten und in dieser Verfremdung als andere erscheinen ließen. Sie wurde federleicht in diesen streifigen Effekten, als ihr von der Straße her eine Gruppe plaudernder Spaziergänger Töne aus verrauchten Gurgeln ins Ohr malte. Erstaunt vernahm sie den Satz: »Ich besetze den Akt nicht sentimental.«

Oh Gott, der hatte doch nicht sie gemeint. Ihr Busen wurde hart, und sie klopfte mit beiden Fäusten darauf. Sie stieß die Latten auf und spiegelte sich mit dem blauen Reflex des samtenen Bodens in der Glastür. Sie hatte es eilig, in die Bibliothek zu kommen, in der sie angestellt war.

Lässig brachte sie ihre Beine zur Geltung, reizte mit dem Tanz schlanker Wichtigkeit. Sie steckte in einem gürtellosen Kleid aus feiner Wolle und spürte sich. Sie formulierte im Kopf, daß Silvia René Magritte mimetisch paraphrasierte, was zwar stimmte, aber doch Geschwätz war. Sie dachte an Max und empfand, daß Hier und Jetzt nur in einem Zelt zu leben war, und wäre es im Schnee des Votivparks – und sie fror bei dem Gedanken an die Vergeblichkeit von Maxens Bemühungen. Ein Architekt! In Beton bauten sie Kirchen für eine glaubenslose Herde, anderswo Gemäuer für Sekten.

Warum waren Sekten lächerlich und verblasen? Warum galt immer nur eines, und warum bildete sie sich ein, jeweils das gültige Gefühl zu haben für das Wichtige? Sie hatte viel zu tun, ihre Sicherheit zu verbergen, die als Hochmut ausgelegt wurde. Hochgemut? Warum?

Servus!

Sie lächelte dem hageren Typ am Pult zu, der immer trachtete, ihr dienlich zu sein, ihr in den Mantel half, ihr die Bücher herbei- und wieder wegschleppte und ihr die Tasche aus der Hand nahm. Ja, ja, die Tasche ist schwer, viele Bücher sind drin, aber ich vermag sie selbst zu tragen. Was soll das Gebalze? Trotzdem, sie mochte es gerne. Sie kokettierte, anstatt zu arbeiten, und ließ kostbare Zeit verstreichen im Genuß kleiner Augenblicke, die als Zerstreuung nachwirkten. Na und?

Dann setzte sie sich gutgelaunt hin und schrieb zu einem Bild von Silvi: »Die keineswegs zufällige Verteilung der Farbflecken kommt aus dem Unterbewußtsein des Künstlers, der ja selbst als Person eine Montage ist, und zwar durch das wache Bewußtsein der gesteuerten Ordnung von keineswegs beliebigen Eindrücken. Indem ein Künstler solcherart objektiviert, was er subjektiv empfindet... was tut er da? Er drückt sich aus. Natürlich kann das heute ein jeder – wie eh und je weist ihn nur die Kenntnis und das Beherrschen einer Technik aus – Steine lockern, die Moral zerzausen und die Konturen verschmieren.«

Kann es jeder? Wieso maßt sich Alice an, da zu unterscheiden?

Es konnte eben nicht jeder.

Sie aber war stets am Werke, einer Sache ihren Halt zu nehmen.

Sie ließ sich zwar als ein Geschöpf der Demokratie von der Öffentlichkeit ein Gewissen machen und sich zwingen, die Bewegung der Frauen auch zu ihrer zu erklären. Die Ungerechtigkeiten lagen auf der Hand, sie focht dagegen, aber das ging so nebenbei und brachte sie kaum in Wallung. Einfach banal. Die Gottähnlichkeit der Männer, der männliche Narzißmus, der einer Hilflosigkeit entsprang, die sich mehr preisgab, als sie, Alice und auch Silvi, sich je preisgeben konnten.

Wenn sie es je wagte, ihre Zweifel, ihren Unglauben an allen geltenden Konstruktionen von Wirklichkeit, ihre Anstrengungen, in der Umarmung zur Erfüllung zu kommen, ihre Hingabe, die *ihn* zum Verschwinden brachte, *ihn* mit sich gemeinsam auszulöschen versuchte, zu erklären, wäre damit Seine Ernsthaftigkeit und Konzentration zerstört, die auch sie zum Atmen brauchte, der Sauerstoff in der Welt, die sie als einzige kannte, aber nicht mehr zu dulden vermochte. Welt der Männer? Silvi und Alice nagten daran.

Alice hatte Kunstgeschichte studiert, weil alles, was sich je in Form manifestierte, sie faszinierte und weil auch die langandauernde Zerstörung Form hervorbrachte wie eben jetzt, wenn sie durch dreckige Fenster in einer dreckigen Luft sah, wie eine bräunliche Sonne die Assoziation von vielen Explosionen hervorrief – Alice skizzierte das Stechen, das ohnmächtige Strahlen durch die schwarzen Wolken, die ein Rauchfang ausstieß.

Sie lief, ihre Tasche schwenkend, im Park durch die gewundenen Wege um die verschneiten Rabatten. NUR EIN MÄDCHEN hieß der Roman, den sie als Kind gelesen hatte, und schon damals schwor sie sich, nie und nimmer in das Lamento einzustimmen, sich unterdrückt zu fühlen und sich emanzipieren zu müssen. Gras ist nie grün, und ein Mädchen ist kein Mädchen. Hast du jemals eine Wiese ganz von nah gesehen, als du auf ihr lagst, die Augen in ihren Halmen? Nichts gilt, was gilt. Ich verlaß mich auf meine Gier, und meine Gier geht durch meine Augen. Schein ist schön, immer ist Schein schön, alles ist schön.

Beinahe hätte ein Auto sie überfahren. Blöde Sau! schrie der Fahrer. Er kurbelte extra das Fenster hinunter, um ihr zu drohen.

II

Du kochst, Silvia?

Ja, eine polnische Zunge mit Rosinen, Rotwein und Lebkuchenbrösl.

Für Cäsar?

Ich esse das gern. Sie können das nicht in den Restaurants. Ich koche etwas Gutes für dich, mich und Cäsar.

Du siehst wieder blendend aus, Silvi. Neue Schuhe! Klassische Spangenschuhe – wie in der Belle Epoque. Teuer, teuer!

Ich habe heute ein gutes Geschäft zustande gebracht. Siebzigtausend für die alte Uhr. Du darfst es Cäsar nicht sagen.

Wieviel gibst du zu?

Vierzig. Und davon ziehe ich mir noch die Provision ab. Schließlich geht das Geschäft, die Galerie auf meinen Namen.

Das war Silvia, der Superlativ, hellhäutig, schlank, mit vollen Lippen über breiten Zähnen, leicht schielenden goldbraunen Augen, mit zitternden zarten Nüstern, mit einer schnuppernden kleinen Nase. Alice dagegen starrte aus vielfarbenen Augen, ihre lange Nase setzte sich in einem langen Hals fort, auf dem das im großen und ganzen ebenmäßige Gesicht wie aus einer Vase ragte. So eine wie sie war interessant, aber ein sicherer Erfolg wie Silvi war sie nicht.

Hast du die Rede für die Vernissage aufgesetzt?

Rede? Nein, Silvi, mir wird schon etwas einfallen.

Magst du die Bilder eigentlich?

Ach Silvi! – Ein bißchen oberflächlich, hm?

Genau das, sagte Silvia und war zufrieden.

Cäsar drehte den Schlüssel im Schloß. Er betrat die Wohnung seiner Freundin. Inklusive Silvia gehörte ihm hier alles. Er begrüßte Alice mit unterdrücktem Mißvergnügen: Hast du die Rede geschrieben?

Ja, sagte Alice. Sie wollte sich nicht näher einlassen mit diesem Mann, der es nicht einmal fertigbrachte, ein Gesicht zu haben. Ein lautstarker Angeber aus gutem Haus, der keine

Chancengleichheit gebraucht hatte, um Ingenieur zu werden. Installateur nannte ihn Alice, weil er Badezimmer und Großküchenanlagen verkaufte. Ein widerlicher Präpotenzler.

Silvia in einem roten Modellkleid trug die polnische Zunge auf. Auch dieses Kleid würde Alice zum schwarzen Haar gut passen. Auch das würde sie sich borgen, und in einiger Zeit, wenn Silvia die neuen Kreationen anzog, würde sie es erben.

Als das Telefon klingelte, hob Cäsar ab. Vor Zorn rötete sich sein Gesicht. Er ärgerte sich über den Anruf so sehr, daß Alice ganz fröhlich wurde. Dumme Gans, sagte er in den Hörer, ehe er ihn auf die Gabel knallte. Silvi füllte seinen Teller, er liebte gefüllte Teller, und sie blickte ihn fragend an. Nix, sagte Cäsar, niemand war das. Da glaubt eine, nur, weil ich einmal mit ihr geschlafen habe, könne sie einfach überall anrufen, sie hat es auch schon bei meiner Frau getan.

Vielleicht will sie mit dir ein zweites Mal schlafen?

Das tät ihr so passen.

Aus dem Mamsch in seinem vollen Mund kommt es: So eine dumme Gans. Sie singt, komponiert, schreibt Gedichte und malt, so eine dumme Gans ist das. Da gibts einen Witz. Wie geht der nur? Das Lachen schüttelt ihn. Er gibt zum besten, suhlt sich in einem ausführlichen Herrenwitz über eine gebildete Hure.

Ihr lacht nicht?

Doch, sagt Alice ernst, wir sind belustigt.

Er kann nichts dafür, sagt Silvia, er meint es nicht so.

Michelangelo sah das jüngste Gericht vor sich, als er es malte, denkt Alice. Sie wiegt den Aschenbecher aus schwarzem Marmor in der Hand.

Na ja, sagte Silvia später in der Küche, aber euer Heißwasserspeicher ist schon seit einem Jahr kaputt.

Entweder, oder, sagte Alice. mir ist oder lieber. Ich hasse Cäsars Tatzen auf dir.

Ich auch, sagt Silvia.

Alice steht also schwarz- und düsteräugig im Luxusfell vor den Leuten und redet – gut, daß Max nicht da ist und zuhört. Was sie spricht, ist das Gegenteil von dem, was sie sagen wollte, aber sie bringt es fertig, im Augenblick zu meinen, was sie sagt. Sie redet kryptisch von der Verantwortlichkeit und meint: Wir sind es, nämlich verantwortlich, im Sinne einer jeweils gültigen Wahrheit, relativ im historischen Bezug.

Wer sind Wir? schreit einer aus dem Publikum. Du und ich, schreit Alice zurück, und sanft sagt sie: Ich werde mich hüten, diese Bilder stilistisch einzuordnen. Sie sind Programm, verbeulte Symbole, meinethalben Allegorien – es gibt derlei zu allen Zeiten, und der Künstler formuliert, was ansteht. Wenn ich nun doch die Vokabel Romantik in den Raum phantasiere, so ...

Alice weiß nicht, ob es gut ist, daß alle lachen.

Drei Bilder werden angekauft. Eines von der öffentlichen Hand. Es soll in dem Haus, das die von ihren Männern geprügelten Frauen aufnimmt, den Gemeinschaftsraum schmücken. Das wird verkündet und dazu applaudiert. Silvia und Cäsar sind zufrieden und lassen Sekt servieren. Cäsar schreibt für Alice einen Scheck aus. Er würde eine größere Summe riskieren, wenn sie ihn lieb hätte, sagt er fett. Silvia lächelt mütterlich und freut sich dann doch, daß Cäsar einen Blick von Alice hinnehmen muß, der Worte entbehren kann.

Du brauchst doch das Geld, sagt Silvia, und Max braucht es auch. Er verdient doch nichts. Ich dachte, du möchtest, daß Cäsar Max den Bauauftrag gibt.

Möcht ich, Silvi, möcht ich.

Wieviel schaut für mich heraus?

Du machst einen Scherz, Silvi.

Warum denkst du das?

III

Max saß im spanischen Korbstuhl am Zeichentisch, hatte das Telefon neben sich auf dem Boden und blätterte in der winterlich weißen Dämmerung in italienischen Literaturzeitschriften. Ab und zu sah er auf, hielt den Anblick der kahlen Äste gegen den verwischten Nebelhimmel für eine chinesische Landschaft, und er dachte an die weißen Blöcke arabischer Bauten gegen ein dickes blaues Firmament. Alice ließ sich aus seinen Gedanken nicht verdrängen. Er wußte, daß sie sich vor dem Klimakterium und vor dem Alter fürchtete. Jede Falte in ihrem Gesicht, die ihr neu erschien, versetzte sie in Panik. Nicht immer hatte er sie gern um sich, der Weiberdunst von Aufgeregtheit und Verlangen störte den Gleichmut, um den er rang. Er wollte sich nicht zerstreuen. Er würde so lange dasitzen, bis er es zwang. Ringen mit seinem Engel wie Jakob in der Bibel. Was er wollte, war nicht so sehr der Auftrag als die Überzeugung, das zu schaffen, was sein mußte. Was immer Alice unternahm, konnte nur unerheblich sein gegen das verhaßte Modell einer Wohnhausanlage, das ihm Geld und Anerkennung bringen sollte. Diese saubere Gestaltung da vor seinen Augen auf dem Tisch war eine Sünde. Max begoß das Projekt mit seinem Kaffee und malte dann mit dem Zeigefinger aus der Pfütze heraus, Gebirge und Höhlen, Zacken und Kuppeln, und dachte an Alicens Körper, in dem er wohnte und Räume fühlte. Er malte querliegende Magen und Lungen, die an Luftröhren hingen, schraffierte Formen als Treppen, die frei in den Röhren aufstiegen, über die Fixierungen hinaus ins Freie ragten und in Wolken verschwanden. Keine Wände, bewegliche Begrenzungen, atmende Zimmer und Ab- und Zuleitungen als Ornamentik, Funktionen in Bewegungen, Ballett der Nützlichkeit.

Alice war nicht da, und er kritzelte die Angst weg, beschäftigte sich fieberhaft damit, wie ein verlassenes Kind, für die Geliebte etwas zu leisten.

Die verrauchte Luft gerbte ihm den Hals. Als er versuchte,

zur Radiomusik zu singen, machte ihm die Rauheit seiner Kehle Lust. Er dachte über das Wort Zerfransen nach und onanierte.

Danach zeichnete er sorgfältig ein langes Refektorium, aus dem viele lange Schläuche in alle Richtungen liefen, und dabei fiel ihm Nike de Saint Phalle ein, die eine Riesendame bildhauerte, in deren Uterus die Menschen aus- und eingingen. Er erinnerte sich, wo das zu sehen gewesen war, und er dachte amüsiert an die Möglichkeit, die Vielzuvielen komfortabel zu pferchen.

Als Alice endlich heimkam, fühlte Max sich befreit und locker und zu Scherzen aufgelegt:

Na, sagte er, hast du ihn drübergelassen?

Nein, sagte Alice zornig, ich habe mich draufgesetzt.

Du hast Silvis Mantel an.

Mach es dir nicht zu einfach. Ich tu es auch nicht.

Ich baue nicht mehr, nie mehr – ich male.

Um so besser, Max, denn ich habe keinen Auftrag von Cäsar.

Alice hängte den Pelz vorsorglich in den Vorzimmerschrank. Silvi brauchte ihn morgen.

Weißt du, Max, ich wollte das letzte Wort haben. Glaubst du, daß Cäsar für uns zählt? – Du hast das Projekt zerstört, Max!

Materialmüll – ein neuer Ausgangspunkt, Alice!

Du kannst es nicht lassen, mein Lieber.

Sie zog die Vorhänge vor die Fenster, denn die Peitschenlampen malten Bühnenfarben in den Schnee, gelbgrünes Gift schien über das Weiß, und Alice wollte es so nicht sehen.

Bald ist es wieder Frühling im Schrebergartendschungel, sagte sie.

Der Flug

Der Vorhang bewegt sich und hat sich stets bewegt. Es ist die Zugluft, aber des Nachts geht Sophie darauf zu und sticht ihre Faust in die Blähung. Keiner dahinter. Nie ist einer dahinter, aber es könnte sein.

Sophie hüpft am Rinnstein, sie weigert sich, älter zu werden, bevor sie nicht weiß, was hinter dem Vorhang, der sich da bläht, droht.

Die Leiche ist ihr so vertraut, wie das nur möglich ist. Vor dem Einschlafen ist sie sich des Körpers, des Gerüsts der Knochen und der Weiche des vom Gewirr der Venen und Arterien durchzogenen Fleisches bewußt. Das Blut, das schreit. Mörder Hoffnung der Frauen, so heißt ein Theaterstück. Sophie liebt derlei Schreie, um so mehr, als sie Vater verletzen. Zackvogel und Erika, die jonglieren mit Wörtern. Sophie hält den Mund, sie drischt nicht leeres Stroh.

Sophie resigniert nicht.

Frau Doktor, Frau Doktor!

Sophie verharrt. Einen Fuß auf dem Trottoir, einen auf der Straße. Sie wartet grußlos.

Die windschiefe Erika, weit über sechzig und ganz nach der Mode, sagt wie der Engel in der Verkündigung: Zackvogel (als ob sie Gott der Herr sagte) gibt Ihnen heute nachmittag einen Termin.

Sophie läßt nicht merken, daß sie sich freut. Um ein wenig freien Willen zu äußern, sagt sie kurz: Gut, um vier.

Aber Erika sagt lächelnd und langsam: Um vier Uhr dreißig.

Sophie ärgert sich, weil sie sich freut. Aber sie folgt einem Zwang, wenn sie zu Zack geht, denn sie hat nichts anderes, um ihr Gefühlsleben auszufüllen, nichts als das langweilige Puzzlespiel der Alltage. Am meisten ärgert sie das methodische Vorgehen Emils, ihrer eigenen Forschungstätigkeit, Zackvogels. Sie will, das Zackvogel als Analytiker experimentiert, provoziert, balanciert. Aber er will nichts empfinden. Eine halbe Stunde nach der Uhr! Sie attackiert stumm, während die Uhr tickt und die Zeit vergeht, er bleibt bei seinem Rezept, das heißt: er nimmt sich zurück. Nur nicht zuviel Übertragung! Für die Angst vor ihr verachtet sie ihn. Das erzeugt in ihr Alarm und den Genuß, den ihr der Verfall alter Männer bereitet. Sie findet Erika zehnmal appetitlicher, aber die Sitte, das Herkommen, der Usus, die Möglichkeit, immer noch zu zeugen, gibt den Männern das Recht, ihr Leben bis zum Ende voll zu leben. Vater und eine junge Frau ist ein denkbarer Gedanke. Erika und ein junger Mann – das gilt als anstößig. Sophie will von vornherein verzichten. Sich da aus den Bewertungen und Geltungen heraushalten. Nicht mitspielen. Eine Kollegin ist Chirurgin geworden. Für Vater sind Frauen in Männerberufen Huren. Zackvogel sagt, daß Vater sowie der Begriff Hure ins vorige Jahrhundert gehören. Mit dem Verstand steht Sophie weit über allen Vorurteilen.

Mit dem Verstand!

Dem Vater, Zackvogel in seiner Analytikerherrlichkeit, beiden ist sie ausgeliefert. Sie ist ja nicht so blöd oder so glücklich, sich etwas vorzumachen. Unappetitlich sind sie beide, weil sie alt sind, falsche Zähne haben und speicheln. Ach wozu sich damit quälen, daß alles Schöne nur Glanz und Illusion ist, Verführung? Warum giert sie nach dem Antlitz der Gorgo? Sie will kein Knalleffekt der Natur sein, wie Schopenhauer junge Mädchen bezeichnet. Zum Unterschied von Erika zieht Sophie sich an wie eine Vogelscheuche, schwarzer Pullover und ein lumpiger schwarzer Rock. Sie mag es nicht, wenn Emil von interessanter Blässe und schönen Augen spricht. Emil ist bleich, schwammig, dick, kahl, eine Art Vorgesetzter, dem nicht daran liegt, sich aufzuspielen. Ein verbohrter Wissenschaftler. Manchmal weiß sie, daß sie diese drei Figuren in ihrem faden Leben nicht missen möchte, aber gerade das ist ihr nicht recht.

Für einen jüdischen Menschen ist sie heute unrein. Aus jeder

Falte riecht es. Sie schnuppert an ihren Fingern und hat den Geruch von Kaffee in der Nase, so wie er riecht, wenn er vom Mahlen noch heiß ist. Sophie sieht sich jeden jungen Mann auf seine Nacktheit hin an. Seine auf der ihren. Das hat sich noch nie ereignet – sie stellt sich vor, daß Zack sie psychisch darauf vorbereiten soll. Meine Güte, sie kennt Sigmund Freud, Wilhelm Reich und was es da sonst noch gibt. Trotzdem erschrickt sie bis ins Mark, wenn da so einer wie eben Gottfried zur Tür hereinkommt, ein Typ wie viele, wie aus dem Katalog einer Herrenkonfektion. Den Verstand, den scheint es nur zum Verlieren zu geben.

Gottfrieds Bürokollegin Otti hatte endlich ihren Friseur geheiratet, und das feierten sie nun alle im Sitzungssaal der Bank auf dem Marmorfußboden unter Carrarasäulen. Auf dem schweren Mahagonitisch standen die Sektgläser, und ein gemieteter Kellner servierte belegte Brötchen. Gottfried war sehr erleichtert, daß Otti, die ein Kind erwartete, für ein Jahr im Mutterurlaub verschwinden würde. Sie ging ihm täglich an die Nieren, tagaus tagein neben ihm am Schreibtisch. Er hatte versucht, das gelbe Flatterkleid zu übersehen, hatte die üblichen Küsse auf beide Backen placiert und ein paar Gläser von dem Markensekt getrunken, eine Spende des Instituts.

Das gab ihm den Mut, Emil aufzusuchen. Er hatte es längst tun wollen. Heute war es ihm ein grimmiges Vergnügen, von diesem happy end nach vier Jahren freier Vögelei hinüberzuwechseln in die Anstalt, wo der menschliche Abfall studiert und wissenschaftlich zu Erkenntnissen aufbereitet wird.

Du stellst jetzt also fest, warum in diesem oder jenem Fall gestorben werden mußte?

Wir brauchen Forschungsmaterial, sagt Emil. Gottfried sinkt langsam zu Boden. Ihm ist übel geworden, Emil freut sich. So ein empfindlicher Mensch, sagt Emil, um etwas zu sagen, und Sophie holt ein Glas Wasser.

Er hat eine operierte Hasenscharte, sagt sie zu Emil.

Du lieber Himmel, denkt Emil, sie hat etwas gesagt. Sophie hat mehr als unbedingt nötig geäußert, sie hat gesprochen.

Gottfried erinnert sich an das scheue Mädchen, das hin und wieder durchs Café huscht, wenn er am Damenbridge teilnimmt oder an der Theke stehend einen Cognac trinkt. Und Sophie erinnert sich an den jungen Mann, der vor Jahren von ihrem Vater einen Hund ausstopfen ließ. Sie hatte damals Gottfried vom Fenster aus kommen und gehen gesehen und Romanhaftes dabei empfunden. Als sie den Raum verläßt, hört sie ihn gurgeln:

Was tut so ein Mädchen hier?

Sie macht Präparate.

Ich möchte wiederkommen. Ich brauche diese Eindrücke.

Du sprichst viel besser als früher. Wir haben uns lange nicht gesehen, sagt Emil. Ich habe mich gefreut, als du angerufen hast, komm nur, wann du willst.

Und dann überrascht sich Gottfried selbst, indem er sagt: Gerne, aber zuerst fliege ich für vierzehn Tage nach Tunis. Ich habe den Flug in einem Quiz gewonnen.

Erika als Vorzimmerdame und Tonbänderabschreiberin Zackvogels glaubt natürlich zu wissen, was mit Gottfried los ist. Sie braucht ihn als Vierten zum Bridge. Aus Pietät für die verstorbene Großmutter nimmt er hin und wieder deren Platz am Spieltisch der Damen ein. Klar, daß Erika ihn durch und durch zu kennen meint, weil sie ihn sozusagen ab ovo aufwachsen sah – Erika weiß, daß er sich als Nicht-Akademiker für einen Menschen zweiter Klasse hält und das durch Lektüre und Interesse an allem, was läuft, auszugleichen sucht. Er versucht sich im Niederschreiben seiner Erkenntnisse. Weil Großmutter es richtig fand, trat Gottfried nach seinem Abitur in eine Bank ein, kam bald in die Chefetage, Devisenabteilung, und hat jetzt schon zehn

Jahre auf die Pension. Er ist völlig normal, befindet Erika – und Zackvogels nicht bedürftig.

Gottfried dreht auf, bis es ihm das Trommelfell zerreißt. Nach einer Weile wird an die Wand geklopft. Gottfried stellt ab. Er fühlt sich wohl. Er hat es gern, wenn nebenan der Klavierspieler zu Hause ist. Der einzige Mensch weit und breit, für den er etwas übrig hat, der im Stiegenhaus nicht nur vorübergeht. Tante Erika, die einen Stock höher wohnt, redet zuviel. Der Valentin redet wenig, spielt in einer Bar, komponiert aus Vergnügen, lebt allein, borgt sich den Staubsauger von Gottfried und tauscht mit ihm Kochrezepte aus. Er hat blond behaarte Arme, und die Haare schimmern, wenn das Licht darauf fällt. Gottfried hat ihm zwei Lampen für das Klavier geschenkt, schwarz und chrom. Bißchen Aufbahrungshalle, hat Valentin gesagt und ihm dankbar ins Kreuz gestoßen.

Gottfried hat aus seiner Wohnung alle Möbel der Großmutter hinausschaffen lassen. Seither lebt er in der Vorstellung eines neuen Anfangs. Bei Ihnen ist die Akustik schlecht, sagt Valentin, und Gottfried hat daraufhin einen Bodenbelag und ein paar Kissen angeschafft. Gottfried liebt die Behausung. Er hat es nicht gern, wenn Valentin seine elektrischen Küchengeräte ausborgt.

Er setzt sich in seinem Pyjama aus schwarzer Seide mit rotem Monogramm unter seinen roten Lampenschirm und schaut sich die Bilder einer pornografischen Zeitschrift an. Vor ihm stehen ein Glas und eine Weinflasche. Er knabbert Peanuts und fühlt sein Geschlecht. Immer wenn er erregt ist, denkt er an Urnen, an Zedern, an Marmor und Grabinschriften. Er wird unruhig und hungrig. Viel pralle rosa Nacktheit setzt seine Phantasie auf verrottete Zinksärge, die er sich kalt vorstellt. Tiere mit zu Zöpfen verflochtenen Schwänzen, die nicht mehr auseinander können und Qual empfinden, legt er auf die streng und schwarz gekleidete Großmutter, die, tot und zum Ding geworden, darauf wartet, begraben zu werden. Ein nackter Engel läßt Blüten auf seine Blöße fallen, und es riecht nach Weihrauch. Die gestickten Deckchen und gehäkelten Kissen rund um die Großmutter höhnen ihn. Er liebt sie und weiß, daß sich das nicht gehört. Die Plastiktulpe als Nachttischlampe hat er noch, weil sie ihn, solange er zurückdenken kann, an einen glatten Busen erinnert. Er stellt sie warm und glutfarben, wie sie ist, zwischen seine Beine und betrachtet das rote Federbett, das er nicht weggab, weil Großmutter ihn schon als Kind hineingesteckt hatte, um ihn seine Erkältungen ausschwitzen zu lassen. In dieser Wolke verschwand er zu frühen Phantasien, die ihn bedrückten, groß und klein machten.

Die betonierten Höfe, die blanken Wände des Pathologischen Instituts sind nicht die richtige Umgebung für die Verwesung, die ihn tragisch und ehrfürchtig stimmt. Ich bin ein Dichter, weil ich unter den Toten lebe. Traurigkeit und Depression und das Gefühl der Sehnsucht lassen sich mit Alkohol und Drogen bekämpfen. Mädchen mögen ihn, weil er etabliert ist, Mädchen, die alle wie Otti sind. Eine mit Illusionen über ihn möchte er nicht, und eine, die ihn durchschaut, auch nicht. Da sitzt er voll des Mißtrauens. Es rotiert in ihm. Und wie es rotiert. Er erleichtert sich, erschöpft sich und trinkt dann die Flasche leer. Jetzt will er seine Ballade auf ein Leichenauto fertig dichten, auf die Müllcontainer im Hof des Pathologischen Instituts, die er voller Föten und Gliedmaßen und Organe wähnt, auf die altersgraue Verkommenheit, mit der auch noch aufgeräumt werden soll, um auf die Heiterkeit der Ratten- und Kaninchenversuche hinzuweisen. Es gibt Ehemänner, die ihren Frauen beim Gebären zuschauen, um diese blutige Orgie bejahend zu genießen.

Gottfried hört weibliches Geplapper. Valentin hat Besuch. Gottfried schaltet den Fernseher ein, ein alter Hitchcock läuft. Er empfindet den Film als peinigenden Blödsinn und schläft schließlich unruhig bis zum Morgen. Valentin klingelt und möchte die Kaffeemaschine ausleihen und ihn zum Frühstück einladen: Ich möchte Sie mit meiner Mutter bekannt machen. Gottfried lehnt ab.

Manchmal würde er lieber in einem Haus wohnen, wo ihn nicht jeder von Kind auf kennt. Erika mag er ja. Aber ihm wird schwindlig wegen ihrer hohen Hacken, die Strümpfe ringeln sich über ihre Beine, die zwei Knochen sind. Die Lippen wie Rüschchen, aber sie hält sich für eine interessante Frau.

Sophie tritt auf die Straße. Sie riecht die feuchte Regenluft, bleibt im Tor stehen, um gesammelt die Räume zu verlassen, weg von den Gewebeteilen entnommener Organe, hinaus in das Schimmern des regennassen Asphalts. Autos spritzen sie an, das Schnuppern der Frische wird zum Vergnügen. Das Gewitter hat Schlamm aus den Anlagen des Spitalgeländes über die Wege gespült. Sophies Strümpfe werden schmierig. Sie stapft wie ein Kind übers räudige Gras und in die aufgeweichte Erde am Straßenrand. Quatschnaß in den Sandalen fühlt sie Kinderzehen. Warum sie weint, weiß sie nicht. Würde sie Zackvogel davon erzählen, könnte er etwas dazu sagen. Oder auch nicht. Wenn er schweigt, tut er, als wüßte er, warum er schweigt. Sie lacht aufgesetzt, spielt Bosheit. Es bringt auch nichts, über Zackvogel zu lachen, oder doch: Vergnügen. Sie reibt sich an ihm, eine Doppeldeutigkeit, die belustigt. Sie dreht eine Pirouette. Wenn Emil es aus dem Fenster sieht, wird er sagen, sie sei närrisch.

Sie »konsultiert« Zackvogel, unterzieht sich der Analyse, das heißt, sie versucht sich zu unterziehen, weil sie an ihrem Geheimnis erstickt. Sie kann nicht darüber reden. Sie schiebt diesen Zackvogel als eine Möglichkeit vor sich her und bedauert nur, daß sie nicht durch einen Beichtstuhl, durch Weihrauch und Zeremonie etwas mehr Abstand hat. Die

Scheißcouch drängt sie noch weiter in die Ironie und Abwehr. Ab und zu trinkt sie vorher im Café stehend einen Cognac und denkt darüber nach, daß sie nach allem, was sie gelernt hat und schließlich auch darstellt, ein junges Mädchen aus einem bourgeoisen Kitschroman geblieben ist. Geduckt läuft sie dann, einen Schwips spielend, die Treppen hinauf, grüßt Erika übertrieben höflich und spielt, was sie ist: obstinat.

Ich bleibe lieber stehen, sagt sie, und Zackvogel lacht, oder er lächelt und hat sie in zwei Sekunden dazu gebracht, daß sie sich beschämt fallen läßt, die Augen schließt und es mit Sarkasmus noch einmal versucht: Ich liebe also meinen Vater. Soweit waren wir doch schon, und ich verdränge es natürlich.

Sie stecken einander grinsend die Zigaretten an.

Ich liebe den Geruch des verdauten Knoblauchs.

Sie sind ein Ekel, sagt er.

Warum also sitze ich da, wenn nicht deshalb, weil ich ein Ekel bin. Ich lebe nicht entfremdet, ich liebe meinen Beruf bis zur Langeweile, werde aber genug gereizt, um auf diesem Weg noch Neues zu probieren – ich habe Einfälle, und Emil schätzt mich. Der Chef! Ein Ausdruck, den ich hasse.

Zack schweigt. Sie hat offenbar gefunden, womit sie ihn verblüffen kann. Sonst hat sie die Uhr ticken lassen und den Mund gehalten. Heute ist die Lähmung weg. Sie wundert sich selbst. Er sagt nichts. Sie muß weiter reden, so lange, bis sie sich verrät, das heißt, bis sie dorthin kommt, wo er weiter denken kann. Das ist ihm schon klar, daß die Liebe zum Vater oder auch die Gleichgültigkeit oder der Haß ihm gegenüber zwar wichtig sind, aber nichts, was ihn, Zackvogel, in der Analyse weiterbringt. Es ist nicht der Vater, es ist die Mutter, sagt er, und als sie sich ärgert, fühlt er seine Annahme bestätigt.

Ich kann mich an meine Mutter kaum erinnern.

Eben, sagt er händereibend. Das ist unsere Arbeit.

Denkste, sagt sie, und nun ärgert er sich.

Muß ich mir das alles gefallen lassen?
Es lohnt sich doch, finanziell, nicht?
Wenn Sie mich nicht achten, müssen wir abbrechen.
Das will ich nicht, sagt Sophie. Sie beginnt nun tatsächlich zu weinen, und er hat die Genugtuung, zum ersten Mal ihre Abwehr so deutlich gemacht zu haben, daß sie nachgibt.
Er wartet, aber Erika klopft mahnend an die Tür.
Zack erhebt sich: Ihr Vater reist nächste Woche ab, da wird es vielleicht gut sein, wenn Sie auch Montag und nicht nur donnerstags um die gewohnte Zeit ...
Sie trocknet ihre Tränen: Er verreist? Sie starrt ihn an.
Wußten Sie das nicht? Eine Kur wegen seiner Rheumaschmerzen.
Sophie rennt ohne Gruß an Erika vorbei, hinaus.

Das ist doch nicht möglich, Vater läßt sie allein! Das hat er noch nie getan. Selbst die Urlaube auf dem Land hat er mit ihr verbracht. Sophie fährt mit ihrem Wagen in den Prater, parkt ihn unter einem Ahorn.

Mutter als Henne, die sich duckt, wenn der Hahn seinen harten Schnabel in ihr Gefieder gräbt, um sich an ihrem Nacken festzukrallen. Die Federn fliegen, die Natur will es so. Aber Mutters Hahn war ein fremder, nicht Sophies Vater, und er wechselte die Hennen. Mutters Nacken schmerzte, so schrieb sie, und der Gedanke an die anderen Hennen brannte. Sie tat, was sie nicht wollte, das wußte sie, aber was sie wollen sollte, dazu hatte Mutter nicht die Kraft. Mutter beschrieb das Übergehen des Mannes auf eine andere Henne mit präziser Enttäuschung in ihrem Tagebuch. In den Erinnerungen der Mutter spielten viele mit, der Vater hatte nur eine Nebenrolle. Das kränkt Sophie und sie grübelt.

Vater hat also nicht den Mut gehabt, ihr zu sagen, daß er allein in Kur geht. Nächste Woche!

Gut, denkt sie. Wieso gut? Es ist noch hell am Tag. Durch die Hauptallee wird geritten. Im Heustadelwasser quaken die

Frösche, und im Parkclub spielen Ärztekollegen Tennis. Aber es wird Nacht werden, und die Angst wird wachsen. Allein in der großen Wohnung wird sie sich zu Tode fürchten. Nicht vor dem Tod.

Wenn sie Zack fragen könnte.

Sie hupt und rast auf die Hauptstraße. Sie war heute so locker bei Zack wie nie zuvor, und jetzt muß der Viertaktmotor leben, während sie erstarrt ist vor Angst.

Sophie redet immer nur das Nötigste mit ihrem Vater, geschweige, daß sie ihn Heinrich nennt, wie andere moderne Töchter es tun. Nachts öffnet sie leise die Tür zu seinem Zimmer, einen Spalt nur, weil sie sich im Dunkeln fürchtet wie ein Kind. Er hütet sich, ihr zu sagen, daß er das weiß. Sie hat Angst, wie ihre Mutter. Er findet es unbegreiflich, daß man es so weit kommen läßt, Angst zu haben und es vor sich zuzugeben. Zackvogel wollte es ihm erklären, aber da winkte Heinrich Jobst mit beiden Armen ab. Er will nicht wissen, was das für eine Angst ist, die die beiden Weiber zwingt, ihn zu quälen, die Tote und die Lebende. Er will gar nicht wissen, was das soll. Wie kann er sich seines Lebens freuen, wenn da am Morgen ein häßliches trockenes Stück Salami, ein vergammelter Rest von Butter, ein steinhartes Brot auf einem verdreckten rosaleinenen Tischtuch liegen. Er bewegt sich nicht gerne. Morgens tun ihm die Glieder weh: der Rheumatismus, mit dem, wie es heißt, die Liebe zu Wald und Flur bezahlt wird – noch dazu diese trübe Wohnung nach dem Norden, in die kein Sonnenstrahl fällt! Höchste Zeit, daß er sich zur Kur entschlossen hat. Er hört Sophie in der Küche rumoren. Also wird sie ja wohl Kaffee bereiten. Das arme mutterlose Kind, sagen die Leute jetzt schon fünfzehn Jahre lang. Hat sie doch ihn.

Er ist dreimal so schwer und zweimal so lang wie ihre Mutter. Auf den optischen Eindruck, den er macht, ist er stolz. Wenn man sich den feministischen Kram anhört, vergißt man ganz und gar, daß an einem Mann ja was dran ist, findet er. Die Mutter verloren! So etwas Krebszerfressenes verliert man nicht. So eine Mutter, die unglücklich war, als sie schwanger ging, und zornrot dem Kind die Milch verweigerte. Er mag sich an ihr Weibergewäsch nicht erinnern. Alle waren froh, als sie endlich hinüber war. Keiner verlangte, den Sarg nochmals für einen Abschiedsblick zu öffnen. Das tun die Leute immer seltener vor einer Bestattung. Es ist weniger von dem in der Welt, was man früher Gefühl nannte. Er weiß, wie es ist, wenn man weint bei alten Filmen mit der Wessely oder der Hansi Niese.

Die Löwen! Er denkt oft an die Löwen. Wenn man einen im Sprung erwischte und er in hohem Bogen in schöner Kurve niederging, zusammenbrach. Er denkt oft darüber nach, ob dieses Weinen, das ihn in Freetown schüttelte, Heimweh war. Was denn für ein Weh war das – die Frau lebte damals noch, er liebte sie längst nicht mehr, als sie starb, die Tochter – alles das kostete Geld. Hier konnte er viel verdienen. Schieß, sagten sie. Er sollte mitschießen, sich einen Löwen schießen als Geschenk, ein Trinkgeld. Sie standen auf dem Dach des Autos und schossen hinunter auf die Löwen. Sie zerfetzten die Felle nicht. Sie hatten Zeit zum Zielen. Sie riskierten ja nichts auf dem Dach. Es war das letzte Mal, daß er dort war. Er ist seit damals ein Privatmann, führt keine Großwildjäger mehr auf Jagd.

Schweige nur. Ich werde es dir trotzdem immer wieder erzählen. Mein Blabla geht dir auf den Nerv. Gut. Ich mußte damals weinen. Ich habe geweint. Ich bin stolz darauf, geweint zu haben. Als ich zweiundvierzig in Frankreich deine Mutter kennenlernte. Die Semmeln sind zu hart, der Kaffee ist zu stark. Ich habe mir gesagt, ich werde für dich sorgen, dich sogar lieben. Das tu ich. Deine Mutter war verrückt. Die Briefe, die sie geschrieben hat!

Plumps. Türe zu. Jetzt ist sie weg. Stumm wie jeden Morgen,

wortlos, wenn sie wiederkommt. Sie redet nicht. Nach der Arbeit geht sie in die Sauna, den Verwesungsgeruch ausschwitzen. Er wärmt sich das Gulyas um zwölf. Sie kocht gut, wenn sie will. Sophie ist alles, was ihm blieb. Er braucht viele Papiertaschentücher, gut, daß sie mit dem Auto einkaufen fährt. Zu den Verbrauchermärkten. Katzenfutter bringt sie auch en gros.

Zackvogel ist unverschämt. Was er Arbeiten nennt, ist doch ein Vergnügen. Sophie könnte das nicht bezahlen. Ein Glück, daß sie ihn hat.

Der Wäscheschrank hat das Datum 1851 eingebrannt. Keine besonders gute Zeit, kein besonders schöner Schrank. Alt eben und nach Alter holzig duftend, nach Seifen und trockenen Kräutern, oben drauf ein paar Chinoiserien, die nicht hingehören und die Sophie trotz allem lieber sind als art decor und gesuchte Stilreinheit. Sie hält diesen zusammengewürfelten überkommenen Kram für »gewachsen«. Sie hat es mit einer gewissen Gier übernommen, hier so etwas wie eine Hausfrau zu sein, schlampig, nachlässig, aber doch mit einer Art Verantwortung und Verankerung – und nun in der Illusion von Heim und Häuslichkeit Vaters Koffer zu packen, was ihre Mutter nie getan hat. Sophie beobachtet sich selbst, wenn sie ihrem Vater dient.

Sie sortiert die Schmutzwäsche aus, stellt an der Waschmaschine, die im Bad steht, die Temperatur ein, schüttelt Waschpulver in den Behälter und sinniert über den Dreck. Die Verwesung ist voller Leben, grübelt sie über den ausgebeulten Ellenbogen des wärmenden Unterleiberls, über den diversen Flecken der verschmierten Hosen. Sie ist nicht für saubere Bezirke.

Sophie muß lachen, wenn sie daran denkt, daß sie in der Schule als verrückt galt – sie hielt Anfälle von Wut nicht zurück, die sie bei jedem Minuszeichen in der Mathematikstunde und bei der Benotung befielen. Einteilungen paßten ihr nicht, Regeln paßten ihr nicht, und Zackvogel erklärt, daß es stets ein Oben und Unten gibt. Wenn sie tobt, bezeichnet er Sophie als traumatisch-epileptisch.

Ach Sie, Mann, hat sie gesagt: Zapfen und Balken, ich bin aus Eiche. Sie ging nicht zum Elektroenzephalogramm.

Sie muß sich zwingen zu tun, was sie will. Sie will Schweinisches reden. Sie möchte, daß Zack sie angreift, daß er sie zwischen die Beine faßt wie Vater die Mutter – Tempelhupfen Tempelhupfen, übers Pflaster gegrätscht springen. Sie steht auf und tut es: springen. In der Grätsche.

Zackvogel seufzt. Sophie stellt sich hin und schweigt. Das dauert lange. Sie schweigt noch immer. Du wirst noch erstikken, sagt Zackvogel.

Sie dürfen mich nicht provozieren, schreit sie, und Sie dürfen mich auch gar nicht anfassen.

Und wenn ich die Beherrschung verliere?

Sie sind häßlich, sagte sie.

Dir ist klar, was du willst, sagt er.

Sie lacht. Du hast gelernt, eine Frau, die die Regel hat, nicht ernst zu nehmen.

Zackvogel geduldig: Wir kennen das Spiel. Ich schweige, bis du dich erschöpft hast, oder ich kriege Angst vor dir und lasse es dich merken.

Das willst du doch, daß ich mich gehen lasse.

Sie weint, weil sie weinen will, aber sie spielt es. Trotzdem tut es ihr gut.

Regression, sagt er, das Spiel kann noch jahrelang so weitergehen.

Leg mich einfach um!

Das sagst du nur, weil du genau weißt, daß ich das nicht kann, ich habe einen Ruf zu verlieren.

Jede Minute hundert Schilling.

In Bilder versunken, schreit sie auf, als Zackvogel ihr die Hand auf die Schultern legt.

Seien Sie sich nicht so kostbar, sagt er.

Da sitzt sie und dreht an einem Taschentuch.

Sie werden es zerreißen. – Er erwartet keine Antwort.

Sie schaut ihn stumm an. Sie will zuviel auf einmal sagen. Sie denkt, daß er in seinem Anzug steckt, weil er zu fett, zu alt ist. Ein Niemand. Zu Niemand kann sie nicht reden. Diese Augen, die glauben, es nicht nötig zu haben, naiv zu blicken. Diese Anmaßung! Sie hat in naiv blickende Augen geschaut. Gottfrieds Augen sind blau. Wer zum Teufel hat das Recht, sich über einen blauäugigen Blick lustig zu machen?

Aussprechen zu können, was Mutter beschrieben hat. Es würde ihr helfen, sich Mutters Liebesleben nicht mehr vorstellen zu müssen. Vater, ein zerrütteter, knorriger Recke, einst Hitlers Hauptmann, ist harmlos gewesen, und Mutter hat ihn reingelegt.

Sie wird ab morgen Jeans tragen, Umhängetasche und Sandalen. Sie will alles anders machen. Sie wird darauf achten, was sie will, und sie wird wagen zu tun, was sie will.

Später sagt Zack zu Erika: Ich weiß nicht genau, wie weit sie sich noch immer kontrolliert.

Wenn du mich fragst, sagt Erika, tut sie das gar nicht. Jetzt kocht sie dem Alten ein prima Mussaka und hält weiterhin ihren Mund.

Dazu gebe ich mich her, sagt er.

Sophie kocht den Mussaka. Keiner weiß, wie ihr zumute ist. Keiner. Und es soll auch keiner erfahren. Alle, wie sie da sind, haben sich auf Leben und Sterben eingelassen. Vater jammert, läßt sich gehen, will nicht alt werden.

Und jetzt will er im warmen Schlamm gesunden und ahnt nicht, daß sie ein einziges Problem hat. Sie braucht ihn. Ihre lähmende Angst weicht erst, wenn er von seinem Wirtshausbesuch heimkehrt, und das ist nie spät. Vater braucht viel Schlaf, und sie braucht seine Anwesenheit. Wenn er schlafend seinen Whisky-Atem herausbläst, sie seine Schlafzimmertür ein wenig öffnet, lullt der stoßende Atem sie ein wie ein

Wiegenlied. Von dieser Nähe, dieser Gegenwart ist sie abhängig.

Da sitzt ihre Nacktheit, ihr Schamgefühl, ihre ewige Infantilität. Sie weiß es. Mutters Gespiele ist er gewesen. Einer von Mutters Gespielen. Sie nannte ihn so und ist doch gestorben, weil er sie schließlich allein gelassen hat.

Was wollen diese verdammten Weiber noch von mir? hat er oft geschrien, wenn sie stritten. Was noch? Sophie wußte es schon als Kind: alles. Sie denkt nicht daran, sich durch Zack heilen zu lassen.

Ganz allein fährt sie am Ostersonntag zur Gerlitzen, steigt auf, sich selbstquälerisch mühend, gleitet im Schuß wieder hinunter. Gekrümmt und abweisend sitzt sie im Abteil erster Klasse, die Skier verkeilt zwischen den Brettern der anderen. Sie plant. Auf keinen Fall bleibt sie mit Mutters Tagebuch allein in der Wohnung, mit Mutters Andenken, mit dem Geist, der ärger ist als eine Erscheinung.

Sie schlafwandelt durch die Straßen und kauft sich Hosenanzüge. Sie hüllt sich in mattes Leder, schreibt ein paar Schecks aus und wandert durch die Banken. Sie trifft Gottfried hinter einem Schalter. Er vertritt einen Kollegen. Mit seiner mühseligen Art des Sprechens taugt er nicht für den Schalterdienst.

Gottfried ist nicht erstaunt, sie zu sehen, und Sophie vergißt ihren Scheck. Sie blicken einander an wie Kinder oder Narren. Da bin ich, was nun? Gottfried schnaubt rauh von einem gewonnenen Quiz. Eine Reise nach Tunis. Er bringt heraus, sie könnte doch seine zweite Karte benützen. Sophie will unbedingt drei Wochen weg bleiben, und er verspricht ihr, das einzurichten.

Als der Rumpf erzittert und die Erschütterung durch den Körper geht, Gottfried seine Hand auf Sophies Hand legt, ist der Lustschmerz so groß, daß sie sich verlieren. Die Stille steten Schwebens weckt sie wieder auf, und weil sie einander plötzlich fremd sind, drängen sie zueinander in klammernder Umarmung. Die Mühe, wach zu bleiben, macht Sophie weinen. Sophie löst ihren Gurt und wankt nach hinten. Auf die freundliche Frage der Stewardess, die sie mehr errät als hört, antwortet sie mit einem Nicken und schluckt den Alkohol gierig, den man ihr eingibt.

Gottfried kann ihr nicht folgen, er fühlt Qual. Als sie mit einem Plumps neben ihn in ihren Sitz fällt, will er schreien. Es ist wie ein elektrischer Schlag.

Ein wenig hilft ihm der neue weißlederne Hosenanzug, den sie trägt. Sie erinnert ihn an eine Figur aus einem Science-Fiction-Film. Das versetzt ihn in ein Spiel. Sie scheint taktvoll, weil sie ihn durch beharrliches Schweigen die Nähe leichter ertragen läßt. Wie eine Attrappe sitzt sie neben ihm und raucht, und er kann, ohne sich ständig äußern zu müssen, ihre langen dunklen Wimpern, ihre olivenfarbene Haut, ihr regelmäßiges Gesicht anschauen. Stülpt sie ihre Lippen vor, verwandelt sie sich in ein junges Mädchen, zieht sie die Lippen ein, fürchtet er sich vor ihr. Er fragt sie, ob sie ihn mit den Reißverschlüssen und Nieten an den Schlitzen und Taschen reizen oder ausschließen will. Illusion, in einem Nichts, das wegsaugt, weg!

Das Fahrgestell wird ausgefahren – sagte es der Kapitän oder spürten sie es? –, Sophies Wangen röten sich, werden dunkel, das Olivenfarbene ein wenig violett.

Bauchlandung ist ein Wort, sagt sie und erschrickt wie immer, wenn sie etwas sagt. Dann lacht sie und beißt auf ihre Unterlippe.

Sag, daß du mich nicht anschaust.

Er zuckt über dem Du zusammen und schließt gehorsam die Augen: Wo bist du, Sophie?

Es ist lächerlich das auszusprechen, denkt sie, sagt aber dann doch: Bei dir.

Er will sie halten, behalten, und sie will ihn halten und behalten.

Sie hat ihr Blechgefühl – ausgehämmert, billig, knittrig. Plastiksärge ... wozu verwendet man duftendes Harz? Man hat es ihr einmal erzählt.

Gedanken fliehen, sagt sie leise.

Ich sehe dich, sagt er. Verklemmt. Sie beginnt zu schnattern: Meine Mutter riskierte fünf Kinder und überlebte sie alle. Mich überlebte sie nicht.

Gottfried schweigt, obwohl er weiß, daß sie lügt. Sie redet so laut, wie er sie noch nie gehört hat, sie imitiert sein krampfhaftes Muskelspiel in den Wangen, das Mahlen seiner Kiefer.

Sie ist böse: Ich will nicht an dir sterben, ich will dich nicht lieben, ich will nicht, daß du mich liebst. Du sollst kein Du aus mir machen, dir kein Gegenüber schaffen aus mir.

Da schreit er sie an: Mach du nur einen Schriftsteller aus mir, der ich sein möchte, dann schaff ich uns beide.

Erkennst du nicht, daß ich einen Basedow habe? Ich bin hundertsechzig Zentimeter lang und überaus dünn. Ganz ganz dünn. Du wirst tun, was ich will, wie ich es mir wünsche. Wirst du? Nicht einmal meine Strümpfe sind aus Nylon. Großvater wurde in einem Eichensarg beigesetzt. Bei-ge-setzt. Ich möchte in dein Haar greifen.

Tu es doch.

Sie reißt an seinen sorgsam gepflegten Locken. Sie kneift seine Schenkel, daß er ächzt. Der Flugzeug setzt zur Landung an.

Haß und Liebe, keucht sie, neben ihm zum Taxi laufend, sind schlechte Wörter. Ich mag diese Wörter nicht, gar keine Wörter mag ich. Ich werde nichts mehr mit dir reden. Nicht einmal niederschreiben. – Sie hört sich selbst heftig beteuern, als legte sie einen Schwur ab.

Sie essen und trinken stumm, aber mit Behagen unter den Touristen. Eine Kapelle spielt Wiener Walzer. Es ist wie ein billiger Scherz.

Im Zimmer sind wenig Möbel, sie fallen nicht auf, weil

eine Fensterwand weit offen die Sterne, den Horizont und die Nacht hereinläßt.

Sie verbringen die ausgestirnten Stunden der Dunkelheit in ruhigem Schlaf.

Im Morgengrauen kommen Geräusche vom Meer. Die Türen zur Terrasse stehen weit offen. Die Weite kommt ins Zimmer und eine gewärmte Kühle, die Sonne, die von weit weg die Luft zu heizen beginnt. Sie heben sich zueinander, wenden sich aus dem Moskitonetz, tasten nach des anderen Geschlechtsteilen und sehen einander nicht an. Trockenheit hindert sie am Sprechen, und das leise Plätschern von draußen streichelt ihre Sinne. Sie liegen lange stumm und sammeln sich. In ihren Fingerkuppen empfinden sie Augenblicke der Vorfreude, des zärtlichen Wartens.

Denke nichts, flüstert sie.

Er erschrickt, zieht sich zurück. Ihr wird die Haut zu eng. Sie sieht aus halbgeschlossenen Lidern mit zurückgebeugtem Kopf auf seinen Rücken, der sie rührt, weil er im Ansatz der Arme weich und schwach ist. Er nimmt keine Pose ein, läßt Schultern und Kopf hängen und vermeidet es, zu ihr hinzusehen, als er gekrümmt aus dem Bett kriecht und zur ganzen Höhe aufsteht. Er steht da und ist sehr nackt, und seine Erektion tropft. Sie dreht sich behutsam weg, bewegt die Zunge zwischen den Lippen und fühlt sich durch die Erinnerung an einen Film gestört. Sie nimmt die Erinnerung in ihre Aufregung mit hinein. Abgekehrt von ihm läuft sie nackt ans Fenster und läßt sie Jalousien hinaufklappern.

Aluminium, sagt sie laut, wie findest du das?

Nach langem Schweigen versuchen sie aufs neue einander nahezukommen, aber da stört sie das Klappern der anderen Jalousien und das Klirren des Frühstücksgeschirrs von unten herauf und der Lärm der anderen Paare.

Wir sind viele, sagt sie, aber er bekommt nicht mit, was sie meint.

Schau nicht, sagt er, und sie senkt gehorsam die Lider. Die

Bilder, die in ihren Köpfen zu kreisen beginnen, drehen jeden in die Einsamkeit, und diese Einsamkeit öffnet sie wieder. Beiden steht der Schweiß in winzigen Tropfen auf jeder Pore und glänzt.

Sie trinken Orangensaft mit Kaffee, frühstücken im Schatten und sehen aufs offene Meer. Als er sich schneuzt, ärgert sie sich über ihre Assoziation.

Im Wasser pressen sie sich in einer Umarmung aneinander. Sie haben das Gefühl, breitbeinig im Körperlosen zu schweben und mit ihren Gliedern das Meer einzufangen, ein lebendiges Bewegen, das sie steigert. Sie fallen nachher nicht übereinander her, sie liegen fern von den übrigen Gästen, und ihre Zehen spielen mit dem Sand. Sophie sagt lieber nicht, daß sie es schön findet, Gottfried ist ernst und stumm. Ein Vermieter spannt einen Sonnenschirm auf. Im gelben Schatten rücken sie zusammen, legen ihre Schultern aneinander zu einem Punkt ineinanderfließenden Gefühls, das sie ruhig zu genießen versuchen. Später spielen sie Karten im Schatten eines Innenhofs. Was sie gelesen haben, ist für die Katz. Sophie denkt an das gehäutete Kaninchen aus dem Film »Ekel«. Ihm ist übel, und er weiß, daß sie es fühlt. Überall sitzen Menschen.

Sie setzen sich in die Landschaft, um schöner zu werden, als sie sind, sagt Gottfried. Sophie wagt es, seine Finger zu streicheln.

Ich möchte es ganz finster haben, sagt er.

Ich habe es finster, denkt sie, wenn du mich berührst. Sie legt seine Hand auf ihre Brust.

Hier sind viele wie ich, sagt sie, eifersüchtig auf die Brüste der Frauen. Sie zieht ihr T-Shirt über den Kopf und zwickt sich selbst in die Brustwarzen. Ihre linke Hand preßt sie auf ihr Gesicht.

Gottfried verbeißt sich in ihren Nacken.

Am Strand kosen viele.

Sophie stöhnt. Sie laufen hintereinander her.

Es tut mir leid, sagt er leise. Sie hält ihm den Mund zu, legt ihm das Polster über die Augen und streichelt ihn behutsam.

Mutter schrieb vor dreißig Jahren: Ich möchte, daß es ganz dunkel ist und ich deinen Cock zwischen meinen feuchten Lippen ganz still halte, um nicht zu ersticken, wenn er schwillt – ganz still. Durch die Nase hole ich die Luft, die zwischen deine Schamhaare streicht. Deine beiden Nüsse halte ich in den gekrümmten Handflächen, und du stichst deine Zeigefinger mit den scharfen Nägeln in meine Ohrlöcher, oder dringst sanft ein, mit deinen kleinen Fingern – es muß ausprobiert werden. So liegen wir da, und ich fühle das Flimmern, das leere Ei tropft, irrt, bleibt ein Weilchen.

Was sagst du da? Er schiebt ihre Hand weg.

Hörst du es nicht?

Sag es lauter, ein wenig nur.

Sophie beginnt ihn zu küssen, sie küßt seine Brust und versucht langsam über den Nabel hinunter zu küssen, mit offenen Lippen, wie sie es im Kino gesehen hat, und zusammengepreßten Schenkeln. Aber das ist sie nicht. Lieber würde sie still liegen, seine Hand in ihrer Mitte fühlen. Das könnte ihr helfen. Hilfe. Schon daß es nötig ist, die Beine zu spreizen. Wenn er nicht errät, was zu tun ist, dann verzichtet sie lieber. Er wartet, und sein Glied schrumpft. Das darf nicht sein. Sie schließt es in ihre Faust, und dann geht es schnell.

Sophie blickt auf den schlafenden Gottfried. Sie schaut ihn an, wie man, zur Andacht aufgefordert, ein frommes Bild betrachtet. Sophie will glücklich sein und sich bestätigt wissen, aber eine neue Angst, eine neue Abhängigkeit pressen sich wie ein Panzer um ihren Leib, wenn sie die hochgezogene Lippe wahrnimmt, die an ein Kind erinnert, das wortlos leidet. Weinerlich in seiner Hilflosigkeit. Ein resignierter Schlaf, an dem sie sich schuldig fühlt, weil sie ihn in einem

Ungenügen belauert, von dem er nichts ahnt. Gottfried hat zu große Ohren – das rührt sie, es macht ihn lächerlich.

Neid auf seine Unwissenheit überfällt sie, und das Bedürfnis, zärtlich zu sein. Sie berührt ihn und küßt ihn. Drückt ihn nahe an sich, um ihn nicht zu sehen. Er dreht sich unwillig um, ohne wach zu werden, und Sophies Augen quellen. Sie tut sich leid. Er tut ihr leid.

Kann sie ihn nicht aufessen? Nicht aus Liebe, nicht aus Haß – nur einverleiben?

Sein stiller Atem, sein fester Schlaf, sein Widerstreben sind Verrat. In ihrer Handtasche ist Vaters Adresse in Pistyan. Die Telefonnummer des Kurhotels. Sie läuft im Bademantel zum Telefon. Ein dunkelhäutiger Angestellter macht sich daran, die Verbindung herzustellen. Sie sieht mit einem Mal den Mann in diesem Fremden, der einen klassischen Rumpf über viel zu engen weißen Hosen zur Schau trägt. Sie weiß, daß diese Kraft nicht Schutz, sondern eine Bedrohung darstellt. Sie läuft davon, versteckt sich hinter einem blöden Lachen, tänzelt zum Strand hinunter. Sie legt sich in den Sand, bekommt keine Luft. Sie preßt die Linke gegen ihr Herz. Der Boy kommt gerannt, winkt: Madame, das Telefon!

Gottfried sieht durch seine weibisch langen Wimpern, daß Sophie ihre Sachen in den Beutel stopft und auch das feuchte sandige Badezeug dazu. Sie zieht ab in ihrer flatternden Unruhe, ein zu groß geratener Kolibri, streicht zitternd über ihn hinweg. Ein rostiger Strohkopf, rauchig nach Henna duftend, braune Tupfen auf ihrem sonnenrot erhitzten Gesicht. Sie ist nichts für die Glut, denkt er vage und preßt die Augen zu, um nicht ertappt zu werden. Er genießt es, als sich die leichte Tür hinter ihr sanft schließt. Nach einer Weile, die ihn wiegt wie das Drüberwehen eines Windes, wie ein kurzer Schlaf nach einem schweren Trunk, setzt er sich auf, läßt den Kopf nach vorne fallen, beginnt traurig zu sein. Sophie ist weg. Das Weiß der Wände blendet, die Augen schmerzen.

Blau der Himmel, blau die See, Inseln und Wolken, grüne und weiße Flecken, Formen, die wechseln. Die Zuckerhüte der Gipfel; die Alpen sind noch weiß vom Schnee, ein Schrebergarten, schnell überflogen, eine bewältigte Welt, die für Sophie ein absurd geschwungenes braunschwarzes Sofa zum Zentrum hat. Sie läßt sich darauffallen und beginnt zu reden. Zackvogel ist alarmiert. Sie steht nicht mehr über seinem Angebot. Sie nimmt es an.

Sophie geht auf und ab.

Ich verstehe nicht zu leben, sagt sie.

Ich weiß, daß es für Sie schwer ist, aber wir stehen Ihnen bei. Wir rufen Gottfried an und Ihren Vater. Niemand ist Ihnen böse, wir bringen es in Ordnung.

Böse! schreit Sophie. Ordnung! Wer will das?

Ihr Vater, sagt Zackvogel, ist sicherlich nicht böse, er freut sich, daß Sie sich in Ihr Frauenleben finden.

Frauenleben! Sophie wirft sich aufs Sofa, sie stellt die Beine auf und läßt die Knie auseinanderfallen.

Frauenlos, wundervoll!

Zackvogel streift betont lässig die Asche ab, und Sophie springt auf, nimmt den Aschenbecher aus Bergkristall in beide Hände und wirft ihn an Zackvogels Kopf.

Da Zack zurückweicht, kommt er mit einer Schramme davon. Erika erscheint und legt eine Kompresse auf seine Stirn.

Sophie ringt die Hände.

Zackvogel will wissen, ob Sophie Gottfried liebt.

Wie soll ich das verstehen?

Willst du ihn wiedersehen? Soll ich ihn rufen?

Darauf gibt Sophie keine Antwort. Sie läßt die Zeit verstreichen wie früher und sagt nichts mehr. Die Uhr tickt. Nach einer Weile greift Zack nach Sophies Puls. Gegen die Regel verlangt er: Nimm dich zusammen, Mädchen, laß dich nicht gehen – das ist ja keine Katastrophe.

Schon gut! Sophie spielt vernünftig: Ich bin ganz ruhig. Ich komme morgen wieder.

Er gibt ihr ein Adalin zum Schlafen.

Lassen Sie Vater und Gottfried in Ruhe, verlangt sie, und er verspricht es ihr. Er wird niemanden anrufen.

Sie geht zu Fuß nach Hause, läßt den Beutel bei Zackvogel, hat nur die Handtasche mit dem Wohnungsschlüssel bei sich, in den Sandalen noch den Sand, auf der Haut noch das Salz. Der Kater kommt miauend und begrüßt sie. Ich habe keine Milch, sagt sie, aber ich vermute, daß in der Werkstatt unten genug Mäuse für dich waren. Sie öffnet alle Fenster, um den Geruch des Katers und der alten Möbel hinauszulassen, sie dreht alle Lampen an, obwohl es erst dämmert. Sie zieht die Vorhänge zusammen und schaut dem flatternden Spiel mit dem warmen Wind draußen zu. Auch in der Stadt ist das Wetter jetzt lind. Sie denkt an die Geschichte einer berühmten Modemacherin, die schön war und nicht altern konnte und noch in den Achtzigern ihre Onanie mit Blumen, Kerzen und Spiegeln inszenierte. Sophie fürchtet sich vor dem eigenen Gesicht. Sie entkleidet sich.

Sophie hofft, daß auch Gottfried leidet. Sie wartet auf seinen Anruf, aber sie fürchtet, daß es ihr nicht möglich sein wird abzuheben. Sie wird sich habilitieren. Sie fragt sich, ob sie trotzig ist.

Darf man das überhaupt: keine Kinder haben wollen? Ihre Mutter fand das normal. Sie graulte sich davor.

Ich stelle mir vor, daß meine Tochter hübsch wird, schrieb sie. Lieber Heinrich, wenigstens schön bist du. Dir wird es peinlich sein, in diesen Aufzeichnungen zu lesen. Minnelieder wörtlich genommen, das ist die Spezialität deiner Kreise. Wir bewegen uns als lebende Bilder in fixiertem Rahmen, mit Sektflöten, Wein aus geschliffenen Gläsern, Konversation, Spott, Sarkasmus, Genuß unter Leuten, die nicht wissen, was ein schlechtes Gewissen soll.

Sophie geht nicht zu Bett, sie bleibt die Nacht über in den hell erleuchteten Räumen.

Am Bett des Vaters hütet Sophie die Sehnsucht nach Gottfried. So lebt es sich dicht im Unerreichbaren. Auf die böse Sicherheit, Tochter zu sein, will sie nicht verzichten. Auf der Marmorplatte des Nachttisches steht die Uhr aus dem Empire, daneben der Plastikbecher mit den falschen Zähnen, und da liegt die elektronische Armbanduhr, die man nicht aufziehen muß. Das glänzende Metallband neben der Medikamentenpackung mit dem Herzmittel und dem fettigen Teller mit der Wurst. Die Whiskyflasche und die zerblätterte Zeitung auf dem Vorleger, den Großmutter geknüpft hat. Vater unter der roten Daunendecke jammert über Magenschmerzen. Sophie trinkt in großen Schlucken aus der Flasche, damit der Vater nicht soviel saufen kann. Sie schont ihn.

Du bist feige, pflegt Zackvogel zu sagen.

Sie knöpft Vater die Strickjacke zu, glättet den Bund der Pyjamahose darüber.

So what!

Komm jetzt, Gottfried, sagt Tante Erika, wir brauchen einen Vierten. Je früher man anfängt, das Leben zu vertrödeln, desto weniger spürt man, daß man altert.

Irritiert schaut Gottfried in ihre dicken starken Brillengläser.

Liebesgeschichte

Richard fährt neben dem Lenker eines Lastautos, das rosa Klopapierrollen geladen hat, an dem Haus im Grünen vorbei, in dem er gut hätte leben können. Frau und Kind sind dort und der Schwager. Geordnete Verhältnisse. Weich und angenehm umgab ihn dort Gina, eine mild duftende Folie, bis sie sich mit einem Male angepinnt wie ein Plakat befand, wohin er auch schaute: triumphierend, selbstbewußt in Mutterfreude und Gattenbesitz, den Säugling auf ihrem Arm als Memento seines Todes.

Er rutscht zwischen den Stühlen herum, fühlt sich nirgends zuhause, von Zuständen belästigt, die nicht die seinen sind. So geht das, seit er denken kann, die paar Jahre mit Felix ausgenommen. Dann zog Mutter Margarete zu Felix, er selbst zu Gina und ihrem Zwillingsbruder Rex. Jetzt wollen sie ihn in die Vaterrolle drängen – eine sehr späte Vaterschaft! Gina will ihn binden. Da kommt es zurecht, daß ihn ein alter Bekannter, der in Rom als Priester lebt, einlädt, ein Altarbild aus der Barockzeit, einen unbekannten Meister, zu restaurieren. Ein geordneter Rückzug.

Im Gärtchen ist der Phlox schon verblüht. Richard steht hinter dem Zaun im Gestank, der von der Autobahn wie eine Verheißung herüberweht. Er wird alles zurücklassen: Stereoanlage und Prämiensparbuch. Sie sollen ihm nicht nachweinen.

Als freier Künstler steht er an der Autobahn und hält den Daumen in die Höhe.

Fotograf sind Sie keiner, stellt der Fahrer fest und hievt Richard an Bord. Schleppen Sie nicht ein bißchen viel für einen alten Mann – das ist Malzeug, Stativ und Leinen? Mein Vater hat auch gemalt in seiner freien Zeit.

Richard setzt sich zurecht: Gar so jung sind Sie ja auch nicht für ein so großes Vehikel, was? Ich trag mit mir, was ich besitze, ich will nicht mehr zurück. Ich renn meiner Alten davon.

Richard fraternisiert gern mit dem Volk, teilt sich mit, lockt Teilnahme heraus und will von anderen auch etwas erfahren.

Ich bin schon in Pension, sagt der andere. Ich fahr für einen, der sich den Blinddarm herausschneiden läßt.

Richard plaudert aufgemuntert und erleichtert: Ich hab als Grafiker in der Werbung gearbeitet und auch Sprüche geklopft. Jetzt werde ich in Rom Bilder restaurieren und ein neues Leben anfangen.

Seien Sie nicht so leutselig, sagt der Fahrer, ich bin nur ein einfacher Mensch.

Ich bin überhaupt nicht einfach. Richard sucht im Radio einen Sender, der lauten Rock spielt, hält dem nicht stand und steigt bei einer Raststätte aus. Dort gibt es keine Tischtücher, dafür aber Folklorefiguren von einem Holzschnitzer, dessen expressionistische Seelenporträts Richards Kunstsinn martern. So sucht er sich denn gleich ein Zimmer für die Nacht, wirft sich auf ein ödes Bett. Er braucht keinen Alkohol, er ist froh. Er ist froh, allein zu sein, und, daß etwas ökonomisch so Günstiges wie seine Ehe sich auflöst. Daß er in seinem Alter die Sicherheit aufgibt, zeigt ihm, daß er mutiger ist, als er selber weiß. Es wird zwar übel enden, aber er hat noch keinen Unsterblichen kennengelernt. Der Mutter und Felix überließ er vor dreißig Jahren seinen Alfa Romeo und fühlte sich ihnen ungeheuer überlegen. Ein Leben lang lebte er dem Marxismus entlang, und auch Freud las er, und die Verbindung zwischen Geld und Liebe liegt für ihn klar zutage. Mit der Liebe geht auch das Geld flöten, er schmeißt es der Liebe nach, er bezahlt seine Befreiung. Er hat sich fesseln lassen, er lächelt über das Wort, das einen Umstand so trefflich bezeichnet. Während er auf der Decke seines Hotelbettes liegt, versucht er, nicht geliebt werden zu wollen, denn der Schmerz ist da, noch ehe sich ein Vorgang abzeichnet. Er will nicht, daß seine Befreiung nur eine Bereitschaft ist und das

Glück, allein zu sein, nichts als Neugierde auf die nächste Versklavung. Ich muß verzichten, sagt er sich, ich bin zu alt, um immer weiter zu hoffen.

Noch ist Sommer, aber schon liegen die Erdschollen des Ackers trocken braun bis zum Waldrand aufgepflügt. Richard tappt durchs Gebüsch auf die andere Seite des Grabens, der die Autobahn vom Acker trennt. Er macht sich die Schuhe dreckig, süchtig auf die Stimmung des Augenblicks, nach dem Geruch des aufkommenden Regens. Wenn jetzt jemand bei ihm wäre, würde er den andern wittern und sich die Frage stellen, ob der denselben Hunger nach Wachsein und Gegenwart fühlt, und er würde enttäuscht sein, wenn der andere sagte, ich warte lieber im Auto auf dich, mir ist kalt.

Er ist allein, spürt sich selbst intensiv, weil alles in ihm gut durchblutet ist, weil er das Herz hüpfen oder still sein lassen kann. Über sein Gesicht legt er den Glanz von Fröhlichkeit, weil ihn nun auch seine Traurigkeit freut. Er weiß nicht zu erklären, woher ihm die Sicherheit kommt, das Richtige zu tun. Auf ein paar Grasbüscheln kniend, küßt er seine eigenen Hände und singt. ›Do re mi fa sol la si do.‹ Das Vernunftziel, ein Bild zu restaurieren, ist nicht das Ziel. Das Ziel ist, außer sich zu geraten, verzückt zu sein, entzückt zu sein, egal, was es kostet.

Da fällt ihm das Kind ein und die Angst vor dem Tod. Er geht in die Wirtschaft hinunter und trinkt, um eine plötzliche Panik zu vertreiben. Betrunken schläft er tief und steht mit vorsichtig erhaltener Stumpfheit am nächsten Morgen ungewaschen wieder auf der Autobahn, spielt weiter den Jüngling, der er nicht mehr ist, als er der Frau zulächelt, die in einem sehr neuen Cabrio an ihm vorbeifährt. Ihr Lack ist frisch, aber nicht so frisch wie der ihres Wagens, deshalb hat sie auch die Masche bereit, mit der sie einen Flirt beginnt: ein fescher Bart, sagt sie, steht Ihnen gut, verdeckt das Alter. Man verschätzt sich leicht, wenn ein Mann einen Bart hat. Soll ich raten, wie alt Sie sind? Richard ist töricht genug, sich darauf einzulassen. Obwohl sie ihm zehn Jahre weniger gibt, ist er nicht zufrieden.

Jeans tragen jetzt alle, und diese T-Shirts auch – selbst die Hundertjährigen. Das sagt sie so, und er denkt, daß sie eine ganz durchtriebene Person ist, die ihre ranzige Süßigkeit an ihn verschwendet. Sie haben sicherlich genug Verehrer, sagt er grob und schaut auf ihre Schlangenledertasche, um ihr Angst zu machen. Und sie antwortet mit der Frage: Sie mögen wohl die Notleidenden lieber, die mies und dankbar sind?

Ich habe für den Augenblick keinen Bedarf, sagt er, und sie darauf: Oh, ich verstehe. Sie verstehen einander nur zu gut.

Er steigt nach einer Stunde stummer Fahrt, in der sich viel mißvergnügte Enttäuschung am Mitmenschen breitmacht, aus dem Wagen. Beide sind auch von sich selbst enttäuscht. Immerhin ist er schon in Italien. Danke, ciao.

Sie sagt noch ›stronzo‹, ehe sie Gas gibt.

Ein mit Gemüse beladener Kombi hält neben ihm. Eine freundliche Frau, ein Bauerngesicht mit einem Kopftuch. Kleine engstehende Augen mustern ihn. Oh, sagt sie, von weitem haben Sie jung und stark ausgesehen. Ich brauche jemanden, der mir abladen hilft, für ein gutes Mittagessen und eine Flasche Wein, aber ich glaube, das kann ich Ihnen nicht zumuten. Richard sagt, ich trainiere ganz gern meine Muskeln, ich esse auch ganz gern italienisch. Sie ist mit einem Italiener verheiratet und stammt aus Kärnten. Sie klopft auf ihren Bauch und sagt: Siebenter Monat, ich will nicht mehr heben. Es ist das erste, und ich freue mich darauf. Er setzt sich neben sie, als wäre sie eine Schachtel roher Eier, bietet ihr an, das Auto zu lenken, empfindet sie neben sich wie eine schwere Gefahr, für sich selbst und für die Menschheit: was brütet diese da aus! Er redet nicht mit ihr. Sie singt und verlangt, daß er nach Mestre hineinfährt. Ihm gefällt das nicht, was soll er in der häßlichen Stadt. Aber er lädt das Gemüse in ihrer Garage ab, die eher einem Schuppen gleicht.

Eine Sau wartet dort auf ihren Schlächter, und er hört das Quieken, während er Penne Arrabiate zum Rotwein ißt. Er sitzt an einem Tisch auf der Straße. Ich bin fünfundsechzig, sagt er zu ihr, um ihre Beteuerung zu hören, daß sie ihm höchstens fünfzig gegeben hätte.

Richard steigt in einer Pension ab, die von einem Kloster betrieben wird und Männer und Frauen getrennt unterbringt. Eine Küche ist gemeinsam, und außer häßlichen Mädchen, die man übersieht, sind da noch Pia und Lolly. Sie hüpfen kokett herum und kichern. Er fühlt sich nicht wohl. Da schlurft ein verschlafenes Geschöpf herein, gähnt und dehnt sich zwischen Arbeitstisch und Abwasch und ergreift die Teekanne. Draußen scheint die Sonne auf den exotischen Baum, der große rosa Blüten, aber keine Blätter trägt. Dergleichen gibt es nur im Süden. Das Geschöpf, er oder sie, wärmt eine bauchige, zersprungene, rankenverzierte Porzellankanne unterm warmen Strahl. Er läßt das heiße Wasser über Männerhände laufen und hat doch ein gelbes Nachthemd mit verspieltem Muster an. Langes Haar in Locken neben scharfer Männernase. En face ist es ein Mädchen mit großen blauen Unschuldsaugen. Es bereitet sich ein Frühstück und sucht zusammen, was es dazu braucht. Die schöne Pia murrt, daß der Zucker ihr gehört, und Lolly nimmt dem Wesen sanft das Brot weg. Das gehört für ihren Nabil.

Richard bietet dem Geschöpf seinen Tee und sein Brot an, und es stellt sich als Hans vor.

Ich werde dich Giovanni nennen, sagt Richard angeregt und überfreundlich, das paßt besser zu dir. Ich darf doch du sagen?

Am Nachmittag trägt Giovanni enge Jeans, und Richard beobachtet von der Terrasse Giovannis Hinterbacken beim Gehen.

Der Knabe weiß, wie er sich bewegt, will sich zur Geltung bringen – ein anderes aber ist, ob er sich dessen bewußt sein will. Es fordert Richard heraus. Narziß. Oh ja! Richard glaubt zu wissen von der Kindlichkeit als Waffe und als Bitte um Schonung. Der Charme im Nachthemd ist bewußt oder unbewußt herausfordernde Unschuld. Richard unterschätzt auch nicht die Entschlossenheit, die sich im Profil des Jungen ausdrückt. Richard fühlt sich sehr beschäftigt, um nicht zu sagen engagiert. Auch Felix mit gesträubtem Blondhaar kochte einst Frühstückstee.

Auf der Terrasse schreibt Giovanni in der herbstlichen Sonne einen Brief an seine Mutter, schreibt flüssig, gart Vorgekochtes. Richard kommt in dem Brief in einem Satz vor: Es ist ein Neuer angekommen, einer, der eigentlich zu alt ist, um unter Studenten zu leben. Es sind schon drei alte Menschen im Haus. Sie stören. Dann blickt er in die Pinien und ist froh, daß es Pinien sind, obwohl er unter Birken und Eichen zuhause ist – in einem Schmuckkästchen von modernem Heim, vom Gärtchen umgeben.

Mitten in einer Straße ist ein Markt aufgebaut, es ist eine enge Straße ohne Gehsteig: Melanzane, Zucchini, Äpfel, Birnen, blaurotgrüne Liebesfrüchte, lila Orchideen und tausend Käsesorten. Richard steigt über die Verpackungen, verheddert sich in Drahtkörben und Hundeleinen und steht vor einem Mädchen, das schlafend auf dem Boden liegt. Ein schönes angetörntes Mädchen, Richard kann das Wort angetörnt nicht ausstehen und haßt mit einem Mal ganz stark die Deutschen. Giovanni ist einer. Ein Deutscher in Rom, die Winckelmann-Tradition, das schreckliche Kapitel deutscher Romantik.

Er kniet sich in den Dreck neben das Mädchen, es ist steif wie tot. Das komische Kind tut aber nicht einmal ihm etwas damit an; es ergreift ihn kein Mitleid. Die Geste der Menschlichkeit, die er macht, gilt den Umstehenden, wird aber von ihnen mißverstanden. Rohe Witze. Alles ereignet sich auf einem Tableau, aber die geschilderten Ereignisse haben nur den Sinn des Farbenspiels. Das Mädchen wird immer gleichgültiger.

Er wählt sehr sorgfältig die Früchte aus: Paradeiser, Paprika, Zwiebel und Fisolen, Orangen und rote Äpfel, Eier und Käse. Dann schwankt er lange wählend dort, wo es Fleisch gibt, in einem Laden neben dem Corso.

Einen Kranz Knoblauch hängt er sich um. Giovanni lacht verlegen, als er ihn kommen sieht. Richards Plan ist gelungen. Giovanni kann nichts dagegen unternehmen, daß ihn der Alte beeindruckt. In seiner aberwitzigen Stimmung wollte Richard Giovanni mit Gemüse geschmückt treffen. Mit einem Arcimboldo-Gesicht will er ihn bestricken.

Sie warten auf die Führung im Vorhof des Klosters. Die Mönche in der Klausur beten vor dem Essen im Refektorium. Auf der Steinbank sitzen neben Richard und Giovanni schöne Menschen. Very important people aus der amerikanischen Botschaft – man bekommt die Selbstverständlichkeit ihrer Bedeutung unter die Nase und in die Augen gerieben. Sie sind blond und groß, Richard schätzt das Kleid und die Sandalen der Frau des amerikanischen Diplomaten auf das Vierfache dessen, was er monatlich braucht. Sehr gekonnte Färbung der Wangen, Lippen und Nägel, ausgezeichneter Geschmack! Was gilt die Natur noch, wenn die Kunst alles auszugleichen vermag: die Kunst völliger Unbefangenheit bei straffster Inszenierung.

Der hochgewachsene Pater, der schließlich aus der schattigen Kühle des Gebäudes in die Sonne tritt, ist auch nicht irgendeiner, er bestätigt mit souveränem Blick Richards starke Neigung, auch er möchte ihn auffressen, Giovanni – als Nahrung zu sich zu nehmen; den schwitzenden, dampfenden Mannskörper, die Haut unter dem Hemd, den Jünglingshals, das gerötete abweisende herrische Gesicht. Der Pater sieht die Schönen, die Mutter und die Tochter, nicht an, er redet in charmantem Deutsch, was so deutsch nicht klingt, nur zu Giovanni hin, und berührt ihn, wo immer es noch gerade angeht, schiebt ihn an der Schulter durch die Türen, umklammert den Bizeps grob mit kurzem Griff. Er brennt, der Pfarrer mit dem kostbaren Gebiß. Er hat ein gescheites Gesicht, das Bände eines bösen Romans erzählt. In diesem Diener Gottes geht in dieser Mittagsstunde Ähnliches vor wie in Richard, bloß hat er das Kloster dazu, das Klima, das Gefängnis, wo sonst in Ruhe erstickt, was sich nun gewaltig hervordrängt.

Richard in seinem albernen Sportleibchen ringt in der flimmernden Hitze mit der anmaßenden Soutane. Warum stürzt er sich nicht auf ihn, warum wird alles nur empfunden, um nicht stattzufinden? Was aber, wenn geschieht, was geschieht?

Richard fährt anderen Tags an den Lido und läßt sich den Platz zeigen, an dem Pasolinis durchstochene Leiche mit dem Auto überrollt wurde. Er hängt seinem Haß nach, dann setzt er sich auf eine Bank, viel Dreck liegt um ihn herum, litter. Das Meer hat eine braune Brandung, die immer neuen Dreck bringt. Er reißt ein Blatt Papier aus seinem Romführer und notiert, was er braucht, was er hat und was er nicht hat: an Lire, an Schilling. Es ist zu wenig. Sinnend blickt er über das Papier auf die eigenen Füße und findet sie schmal und elegant. Sie stecken in offenen Sandalen. Das veranlaßt ihn aufzustehen, denn der späte Nachmittag ist kühl. Er kauft zwei Flaschen Valpolicella. Gina wird Geld schicken. Sie wird ihm helfen. Ob sie sich geändert hat? Er sieht Gina grauhaarig, gebeugt am Arm eines Sohnes, der ihm ähnelt. Nie will er sie wiedersehen, die arme Frühverstorbene. Er wird mit Giovanni italienische Spezialitäten essen: viel Knoblauch auf Nudeln. Dieser Giovanni, der nichts sein soll als eine Puppe für das Kind in Ricardo, das spielen will, denn spielen ist schöner als die entsetzliche Übertreibung mit Gina und dem

Kind. Er denkt an die vielen Alten, die ihm auffallen, weil sie Jeans und Pullover tragen wie er, oder die andere Art alter Menschen, die Schicksal trägt in Anzug und Krawatte, obwohl sich keiner mehr eines Schicksals rühmen kann. Wer den Krieg überlebt hat, nimmt Schicksal für sich in Anspruch, es gilt aber nichts mehr, weil es eine Inflation davon gibt.

Morgen wird Richard zu dem Priester gehen, um mit der Arbeit anzufangen. Giovanni lächelt ihn an, er steht mit einem Male vor Richards Bank, und das ist ein Zufall, den Richard als Fügung adelt. Ein schöneres Wort, das ihn fromm macht.

Vor ihm steht dieser Bauch in der Höhe seines Gesichts. Die verfärbten Jeans über dem Becken, ein einziges auf der ganzen Welt, von zwei stämmigen Schenkeln gewiegt, erinnert ihn an das verwaschene Himmelblau im Braun des alten Altarschinkens, der in der Kirche auf ihn wartet. Ein Horizont, vor dem die Heilige stirbt. Ein Stückchen Verzückung.

Richard wagt es nicht, zu diesen beiden Kinderaugen hinaufzuschauen. Er weiß, daß der Junge vor ihm arglos scheinen will und neugierig ist.

Heute ist es so sommerlich, sagt er.

Richard versteckt seine nikotinverfärbten Finger, aber dann denkt er, daß seine gewölbten Nägel den Mond sehen lassen und daß es sich lohnt, den schwarzen Rand mit dem Zahnstocher hervorzuholen und auf der Hose abzustreifen. Giovanni sieht zu, und dadurch werden die Bewegungen dieser Reinigung lustvoll, wie alles, was er dann tut, als sie in der Küche auf das Garwerden der kleinen Erbsen warten. Richard sieht Giovanni an, wie der mit dem Zeigefinger in die Nase fährt und ihn dort umdreht. Richard beobachtet Giovanni ernsthaft und raucht eine Zigarette. Pia und Lolly treten ein, zerstören Gefühlsnetze; eine Spinne läuft über die weiße Mauer. Lolly stellt einen Topf mit Kartoffeln auf die Flamme und rückt Giovannis Minestrone beiseite. Da erhebt sich

Richard und rührt die Sauce, die leise auf der kleinsten Platte brutzelt. Sie machen beide Fenster auf. Es zieht, Lollys Freund öffnet die Türe, weil er hereinkommt, daraufhin flattern die Papiere, und der Schinken, der darauf liegt, gerät in Gefahr, zu Boden zu fallen. Richard genießt den Augenblick, den Film, das Bild, die Bewegungen und die beiden Stampfer: Giovannis Kinderbeine. Arme heben sich breit, um Auffliegendes niederzuhalten. Richard hat seine zitternden Nerven im Moment gern, als die vier in der langen, schmalen Küche sich ärgern, weil sie fühlen, daß Richard sie belauert. Da schließt er die Augen, um ihnen nicht lästig zu sein. Er findet sie allesamt reizend.

Richard findet es gar nicht schwierig, sich dieser Hausgemeinschaft zugehörig zu fühlen, aber sie erlauben es ihm nicht. Wie kommen sie dazu, ihm die beleidigende Mischung aus Respekt und Mitleid anzubieten? Richard sieht keine Position für sich. In den Generationen ist kein Platz für ihn. Nicht dort, wo er Vater und Mutter, nicht dort, wo er Tochter und Sohn zu sagen hat. Wo ist sein Platz seit damals, als seine Mutter zu seinem Freund Felix zog, der das Alter ihres Sohnes hatte. Heiliger Sigmund!

Aber darf er denn nicht Mentor sein? Als ein Mann, der die Grenzen sprengen will, der das leidige ideologisierte Naturgeschehen haßt, dem auch die Überwindung der Schwerkraft aus einem natürlichen Bedürfnis kommt? Und dem der Flug zum Mond Hoffnung symbolisiert? Wenn in Science-Fiction-Filmen Liebe, Schmerz, Alter und Angst auch den Robotern zusetzen, raubt das jedoch jede Hoffnung auf eine Erlösung durch die Technik.

Stammbaumideologie, Familie, Geschichte in Fortsetzungen, Dankbarkeit für das geschenkte Leben, die Altvordern binden Giovanni; was man Weltanschauung nennt, bastelt er sich aus Zen-Büchern. Das ergibt wohl ein Gesamtkolorit für eine Seele, aber reicht auch nicht in die Details, oder es wird so simpel wie die Sprüche der Weisheit: sie stimmen wie alle Resultate, zu denen man nicht gelangen kann.

Sie sitzen um drei Uhr morgens in einem kleinen Lichtkreis in dem Zimmer, das Richard bewohnt, beisammen, und Giovanni erzählt von seinen Eltern. Für Richard ist Giovanni ein Seraph, ein Engel, und Richard mag an diese Eltern nicht denken, also hört er nicht zu. Nach einem Liter Valpolicella sagt Richard böse: Was versprichst du dir davon, einen Vater zu haben und einer zu werden? Giovanni bleibt die Antwort schuldig. Du bist doch auch ein Vater, wagt er nicht zu fragen. Richard redet laut, er hat schon zu viel getrunken: Du hast eine klare Stirn und blanke Augen. Du bist einer von denen, die von den Göttern geliebt werden und jung sterben. Erschrick nicht, dein Kadaver wird lange leben, aber so wie du bist bleibst du nicht.

Richard ist ärgerlich. Er sitzt wie angebunden in seinem Stuhl. Giovanni liegt auf Richards Bett. Richard sieht den Freund ans ordinäre Leben verlorengehen. Wie Felix.

Warum weinen Sie, flüstert Giovanni. Mir starb ein Freund, dem du ähnlich siehst, stottert Richard und bittet insgeheim Felix diesen Mord ab. Richard ist in arger Atemnot, als Giovanni aufsteht. Aber der meint nur, daß in der Küche noch eine Flasche Frascati steht, und er geht sie holen.

Der Frascati gehört Pia.

Wir können ihn morgen ersetzen. Richard legt nach dem nächsten Liter seine Hand auf Giovannis Knie. Giovanni zieht das Knie zurück. Eine köstliche Gelegenheit, diese Minuten zu erleben, um die Richard durch die Frostigkeit Giovannis gebracht wird, der begierig ist zu sprechen, weil er Rat braucht, Rat will, aber die Sperren nicht lockert, die Richard beleidigen. Richard versucht diese Hemmungen zu durchbrechen, bis er schließlich hören muß: Schade, daß Sie so alt sind.

Richards Aufforderung: vielleicht wird der Unterschied

zwischen uns kleiner, wenn du dich entschließt, endgültig du zu sagen, ärgert selbst Richard in ihrer Plumpheit so sehr, daß er nüchtern wird und es als Sühne auf sich nimmt, zuzuhören, daß da ein Vater und eine Mutter irgendwo eine gute Ehe führen und diesen Sohn lieben, der sie nicht enttäuschen will, obwohl er über Familienstrategien Bescheid weiß.

Richard erzählt von Gina, die sich an die nächste Generation verliert, wie das alle Frauen tun. Giovanni findet das gut, dem Lauf der Dinge gemäß, beruhigend wie das Gesetz. Genau das stürzt Richard in Depression: eine geliebte Frau und zwei gesunde Kinder – Felix! Das Ende.

Giovanni wird es, wie so viele, fertigbringen, derartiges glatt herunterzuleben und jedes Gefühl, das Seitenwege geht, unterdrücken, bis es zu spät ist. Richard sagt das laut heraus und bemerkt zu seiner Freude, daß Giovanni diese Formulierung nicht auf sich sitzen lassen will. Er antwortet mit einem leisen: na wirklich, ich weiß nicht, und wendet sich ihm hilfesuchend zu. Richard erstarrt und trinkt sein Glas in einem Zug.

Nach dem dritten Liter küßt Richard Giovanni auf den Mund, die Mädchenlocken flattern elektrisiert, die Lippen werden voller, aber das Kinn bleibt entschlossen. Giovanni geht beherrscht hinaus.

Richard lauscht zärtlich der Wasserspülung und verhält sich ruhig. Man hört zögernde, unregelmäßige Schritte, Giovanni wankt vorbei auf sein Zimmer.

Am nächsten Morgen macht Richard das Frühstück und serviert es Giovanni wie einem Patienten, erbarmt sich seiner in Herzlichkeit und trägt einen blauen Pyjama.

Das winzige Stück jeansblauer Himmel in schmutzigbraunen Wolkenfetzen gehört gar nicht zu dem Altarbild. Es kommt aus einer tieferen Schicht, und dieser Schimmer eines fernen Versprechens lag dennoch in der Absicht des Malers, er ist mit keiner Farbe darübergegangen; er hat es eigentlich durch den verwischten Kontrast ins Bild geholt. Richard betrachtet zärtlich dieses alte Bild, von dessen Meister man nichts weiß und an dessen Details bereits die ganze Moderne verschwendet ist. Die fette Zehe der üppigen Heiligen war mit so viel Delikatesse mit dem allerfeinsten Haarpinsel plastisch gemacht, daß sie ganz für sich allein eine Form bot, einen hinreißenden, obszönen Umriß. Richard spielt mit dem Anblick des Bildes und seines eigenen Werkzeugs. Dicke und dünne, flache und runde Pinsel hält er in der Hand, prüft das Pinselhaar an der Wange, mit den Lippen, preßt Farben aus glatten Tuben auf eine alte Palette, deren bunte Krusten er blinzelnd auf Effekte hin untersucht. Richard sitzt auf einem Brett, er balanciert es auf zwei Blöcken, die darunter ihrerseits auf einem Brett wackeln. Das ergibt zwei unsichere Etagen vor der staubigen Seide der alten Ölfarben, auf einem beschädigten Mosaikboden. Der Altar ist beiseitegeschoben, und darauf liegen die Dinge, die Richard nicht unmittelbar braucht: sein Mantel, dicke Dosen, dicke Pinsel, kleine und große Spachtel, Bücher und eine Tasche mit Broten und Äpfeln.

Richard hockt im Licht zweier Scheinwerfer. Hinter ihm das Dunkel des uralten Kirchenschiffs, in der Apsis einer noch älteren Basilika. Richard fühlt keine Ehrfurcht. Die eiserne Gewölbekonstruktion eines alten Kopfbahnhofs würde ihn mit derselben Andacht vor vollendeter Form erfüllen. Giovanni ist der Engel, der ihm auch in der störenden Verkleidung etwa eines Zugführers begegnen könnte. Die wechselnden Gewandungen ewiger Schönheit kann er in der Alltäglichkeit durchschauen, weil er glücklich ist.

Richard ist glücklich. Er liebt in Giovanni die ganze Welt, und Giovanni ist die ganze Welt. Es ist gut, hier zu sitzen und nicht unmittelbarer Versuchung ausgesetzt zu sein. Richard hat in einer Hand einen Pinsel und einen anderen quer im Mund und fühlt unter sich die Unebenheit seines

Sitzes. Er muß sehr gespannt sitzen, stets in der Gefahr, mit dem Brett von den Böcken abzurutschen.

Was stellt es denn dar, das Bild, fragt Giovanni, als er zum Nachtmahl die Nudeln ins zischende Wasser gleiten läßt. Richard sagt, es soll die Heilige Katharina am Rad sein, weil er es weiß, aber noch nie hatte er die Legende als Darstellung wahrgenommen, immer nur die glatten Pinselstriche der Flächen. Er nimmt sich vor, die noch erkennbaren Einzelheiten am nächsten Tag zu studieren, zu skizzieren, mit Giovanni darüber zu reden. Ich zeichne es dir auf, sagt er.

Warum darf ich nicht mit dir hingehen?

Aber du darst, Kleiner, und ob du darfst. Es freut mich, wenn ...

Richard ist schon zu weit gegangen mit dieser stürmischen Versicherung. Er schließt lahm: Komm nur mit, wenn du willst, wenn du Zeit hast.

Er wird sie mir profanieren, die Heilige, denkt er und lacht laut.

Ich lache, erklärt er, weil du einen so ungläubigen Menschen wie mich nicht verstehen würdest.

Abends erzählt Giovanni Richard, daß er kein Mädchen habe, daß er ein Mädchen verloren hat, daß er glaubt, ein Mädchen haben zu müssen, damit aber bisher nicht zurechtkommt.

Nichts freut ihn.

Hast du einen Freund?

Nicht so, wie du meinst, sagt Giovanni und errötet.

Lieber Felix, es ist natürlich klar, daß ich diesen Brief nicht, oder ja, ich schicke ihn doch ab und ärgere dich damit, denn es ist klar, daß ich mich mit meiner Geschichte über dich erhebe, der du keine von den Geschichten, die du erlebst, wahrnimmst. Ich kenne dich ja, du wirst sagen, ich mache

Theater mit diesem Giovanni, aber ich schwöre dir, ich denke Tag und Nacht an ihn, an niemanden anderen, der auch du bist, weil ich stur genug bin, ein Leben lang mit dir zu hadern. Und es lebt Giovanni Wand an Wand und doch unerreichbar, und da ist dieser Augenblick ganz anders als Augenblicke ohne ihn, und so war es auch damals, als wir beide! Wie machst du es, Felix, Tag für Tag abzuhaspeln, ohne die Pulsschläge hämmern zu hören? Du hast nun, ich weiß nicht wie viele Jahre gearbeitet für dein Pensionskonto. – Felix, ich schicke dir diesen Brief doch, weil ich möchte, daß du mir Geld schenkst. Ich habe das Gefühl, für mich und für Giovanni ein Auto kaufen zu müssen, vielleicht nur ein altes, gebrauchtes. Der Gedanke ist mir unerträglich, daß es viele junge Sportler gibt, Gestalten, die auf die Universität gehen. Als du dort warst, hat sie mich so beeindruckt, die Universität, ich war bloß auf der Kunstakademie.

Es laufen längst nicht mehr alle Menschen Schi, so wie wir damals.

Ich bin in einer Großstadt, und doch ist es Rom, was mehr als eine Stadt ist, es ist eine Überstadt, und wenn die Luft auch stinkt wie anderswo, tut sie es doch anders als anderswo. Ich weiß, daß du nichts mehr von mir verstehst, aber daß ich dich um Geld bitte, wirst du verstehen. Ich bin unverschämt und nicht mehr der Deine.

Richard läßt den Brief in den Postkasten fallen, masochistisch wonnevoll, im Gefühl allergrößter Schuld, gegen sich, Felix, Gina, den Schwager und das Kind: ein Nichtswürdiger.

Als er seinen Engel Giovanni auf die Bar zuhatschen sieht, ist ihm alles andere egal.

Und doch schickt er dem Brief noch ein Telegramm nach: Ich gebe dir dafür Margaretes Porträt.

Der Priester besucht den Künstler in der Kirche. Nicht mehr viel da von dem Bild, sagt er gesprächsweise. Mehr Hintergrund als Szene, aber das macht nichts, antwortet Richard. Landschaft der Seele, fällt ihm dazu ein, viel Schmerz und wenig Apparat, das schaut so verlogen aus. Ich will dieses Rad stark hervorholen, erklärt er dem Pfarrer. Ich würde es am liebsten aus Metall und Gummi ... verzeihen Sie, Hochwürden, ich denke viel an Räder. Alles rollt, ich möchte beichten.

Ich glaube nicht an Ihren Ernst.

Ich auch nicht, Hochwürden.

Als die Kirche leer ist, legt er sich auf den Boden und schaut die Pfeiler entlang ins Kreuzgewölbe. Er denkt an den umgepflügten Acker.

Das ist meine Frau, Giovanni, und das ist mein Kind. Er legt dem Knaben die Fotos vor. Und das ist mein Auto, ich ließ es ihnen, auch die Stereoanlage und mein Sparbuch.

Pia und Lolly feiern irgendeinen Gustav, der ein Diplom erhalten hat und um Pia wirbt. Nabil, unzertrennlich von Lolly, hält auch mit, und Heidi und Stefan und Siegbert und Monika und wie sie alle heißen. Ein Getümmel von unerfüllten Hoffnungen und mitten drinnen Richard, der im Spiegel festgestellt hat, daß ihn noch kein einziges graues Haar, aber eine beachtliche Lichtung von den anderen unterscheidet. Auch sein Bauchansatz ist anders rund als der junge Wanst des Säufers, den Pia erst erhören will, wenn er abgenommen hat. Sie fahren nach San Lorenzo, um Fische und Krabben zu essen. Der Wirt hat dicke Backen, dicke Lippen. Inmitten des üppigen Bartes blitzen starke Zähne, man bekommt bei seinem Anblick Appetit und schielt in die schwarzen Fischaugen, die aus den kleinen rosafarbenen Panzern der Krustentiere glänzen. Die Tische, mit weißem Papier bedeckt, sind Stilleben von Gelagen, Rotwein und Fettflecken. Finger zerbrechen die Schalen und fischen das Innere heraus. Die Wände entlang stehen Flaschen mit ihren Etiketten, nackte

Birnen über den Essenden. Man sitzt eng, Richard läßt sich dicht an Giovanni pressen, er tastet mit der linken Hand die Festigkeit von Fleisch und Sehnen bei sich und bei Giovanni. Giovanni spannt in Abwehr die Muskeln, Richard nimmt das wörtlich, packt fester zu und sagt mit vollem Mund: Ich schenk dir ein Auto, tatsächlich, ich schenk dir ein Auto, du kannst es mir glauben.

Was für ein Auto?

Einen kleinen Fiat, sagt Richard aufgeregt.

Giovanni wischt Richards Hand weg.

Das ist zuwenig, sagt er, wendet sich auf die andere Seite und küßt die Frau, die neben ihm sitzt, ungeschickt auf den Mund. Diese Frau ist Pia, was Richard doppelt kränkt, aber auch wieder nicht kränkt, weil die Absicht, ihn zu treffen, allzu deutlich wird. Giovanni findet es erstaunlich, daß sie sich von ihm küssen läßt und darauf eingeht, er findet es unfair, daß er ernst genommen wird. Die jugendliche Verwirrung peinigt Richard, und er wehrt ab mit den Worten, die viel mehr einen Wunsch als die Tatsache ausdrücken: ach, ist das alles langweilig! Er wird an Felix telegrafieren: ich brauche dein Geld nicht mehr, es war nur ein Scherz. Er schämt sich. Er will diese Spiele nicht. Deine Proteste und Strategien passen mir nicht, sagt er zu Giovanni, und der leistet es sich tatsächlich, mit der Schulter zu zucken.

Richard geht vor die Tür der Trattoria auf die dicht beparkte Straße und blickt in den Mond.

Er tut sich leid. Kaum erträgt er die jähe Freude, als Giovanni an seine Seite tritt, die Hand auf seine Schulter legt: Wollen wir schon gehen?

Ich nehme ein Taxi, sagt Richard beherrscht und großzügig.

Da kann Pia ja mit uns fahren, meint Giovanni.

Margarete war eine sehr schöne und sehr eitle Frau. Fünfzig Jahre alt, als Richard sie für Felix malte. Sie ist Felix' Frau geworden, weil es seiner Geltungssucht schmeichelte, daß sie ihn liebte. Richard will, was Felix von ihm trennte, nicht Leidenschaft nennen, er will die Unfähigkeit, ein eigenes malerisches Œuvre zustande zu bringen, nicht Versagen nennen.

Er sieht noch, wie Giovanni eine hübsche lebhafte Frau an sich drückt, sich von ihr umarmen läßt, und taucht in die Finsternis von etwas, das er nicht Verzweiflung nennen möchte. Er könnte in seine Kirche gehen, er hat den Sakristeischlüssel, aber auch das ist ihm schon zuviel Theater, so wie die nächtliche Straße ein Zuviel an Stimmung. Er ist berauscht, aber das macht alles nur noch ärger. Er redet mit sich selbst, um aus der Haut zu fahren, Schranken zu durchstoßen, die zu weichen scheinen, wenn er sie nennen will. Aber Gleichgültigkeit macht ihm Angst, die Angst macht ihn rennen, laufen, schneller atmen, der Puls rutscht in seine Hose, die starken Stöße sind ihm lästig.

Er singt und wird von Carabinieri angehalten. Die jungen Uniformierten gefallen ihm und er stottert: Unser aller Fleisch. Sie stupsen ihn in ein Lokal und lassen ihn einen Espresso trinken. Sie greifen in seine Taschen, es kitzelt, er muß lachen, findet das Leben wieder erträglicher. Ein Polizist pfeift Santa Lucia, der andere geht weg, das Lokal ist leer. Ich bin leider zivilisiert, sagt Richard, ich kann dich nicht zusammenschlagen.

Das war mir gleich klar, sagt der Polizist.

Laß mich jetzt in mein Kloster gehen.

Stronzo! sagt der Polizist.

Schreib es mir auf, sagt Richard. Der Polizist lacht.

Richard stapft noch lange zwischen Autos und Müllsäcken durch die Gassen, ehe er sein Quartier aufsucht. Vor dem Tor steht Giovanni und sieht hinreißend aus. Die Frau aus dem Gasthaus hängt an Giovannis Hals und drängt ihm eine Flasche zwischen die Zähne. Giovanni hält sich breitbeinig aufrecht, hat das Hemd geöffnet und den Hosenbund auch. Man sieht seine dampfende helle Haut und den kräftigen

Hals. Das Kindergesicht, das seraphische, gegen die Straße gekehrt, blickt leer und verstört den Weg hinunter. Als Giovanni Richard erkennt, sammelt er sich, schluckt. Trotz und Gewalt ballen sich zu Kraft. Er hebt die Frau hoch und schwingt sie herum. Sie kreischt: Der Platzhirsch! und fährt ihm mit den Lippen ins Gesicht.

Am Morgen in der Küche, die Alkoholgeschädigten. Richard hört zu. Er ist nicht anwesend für sie. Er ist niemand.

Ich liebe ihn, sagt die kleine Frau.

Er ist ein Kind, versteht nichts von Frauen.

Ich will seinen Schwanz, und ich weiß, was ich damit mache.

Du kannst ihn doch nicht mißbrauchen!

Und was machen die Männer mit uns?

Willst du den Spieß umdrehen?

Sicherlich will ich das. Ich will ihn tanzen lassen.

Das kann in die Hose gehen.

Sie lachen, und Richard findet sie gemein.

Latenz

I

Eva liebt Hotelhallen, Vestibüle, Foyers, Dielen, Entrés: Vorräume! Alles sonst, was sie als Innenraum umschließt, macht sie nervös. Zuhause ist ein altmodischer Begriff, gilt ihr als Gefängnis. Große Spiegel in Hoteleingängen fixieren Stadien, Laufbilder, Schleusen, sie sieht sich als Provisorium drin. Augenblicklich ist sie klein, blaß mit natürlichen Schatten unter den Augen und aufgetragenem Blaugrün auf den Lidern. Dunkle Augen. Das Make-Up ist unentschlossen und nicht überzeugend – sie befindet sich zwischen Tür und Angel und verlangt ein Zimmer mit Balkon und möglichst im Parterre. Das sind billige Zimmer, sagt der Portier. Sie trägt einen Seidenmantel – er kennt sich aus. Das machts nicht, sagt Eva. Es ist laut – der Straßenlärm, gibt der Portier zu bedenken. Gerade den, sagt Eva. Sie hat es satt, nur die eigene Stimme zu hören, wenn sie allein in einer Sieben-Zimmer-Wohnung laut mit sich selber spricht. Mutter verbringt den Winter mit ihrem Chef, mit dem sie nicht einmal schlafen muß, in der Karibik und verdient eine Menge Geld, weil sie dort für den kranken Mann die Geschäfte führt. Vater ist, von ihr geschieden, schon lange in New York. Auch er versteht es, Geld zu machen.

Du hast dich verändert, Eva, sagt der Priester bei der Weihnachtsfeier in der Schule.

Ja, das hat sie, und sie hat die Absicht, nie mehr in die Schule zurückzukehren, die Weihnachtsferien zum Absprung zu benützen. Sie verzichtet auf das Reifezeugnis. Vierzehn Tage lang wird sich niemand um sie kümmern, niemand sie suchen, und dann ...

Sie redet mit niemandem – sie kann es nicht leiden, wenn jemand etwas weiß oder meint. Sie geht allen Situationen, Ritualen und Zeremonien aus dem Wege, sie mag keine

Inszenierungen und Vorbereitungen, keine Ärzte, Ämter, Behörden, Bahnhofs- und Flugzeugschalter – Öffentlichkeit. Sie weicht aus und schrumpft.

Donne moi une caresse, hat sie zu dem Mann gesagt, der ihr erst etwas bedeutete, als sie ihn wegschickte.

Die Frage, ob man etwas *wollen* kann, wobei das *Etwas* so fraglich war wie das *Wollen* und auch wie das *Können*, blieb für sie offen. Sie hat sich etwas eingebrockt, ohne es wollen zu können. Und steht nun unangemeldet vor dem Entbindungsheim, wartend mit der Menge der Besucher am Tor – klein und rund im Mantel ihrer großgewachsenen Mutter. Du bist unreif, hat der Beichtvater zu ihr gesagt, weil sie nichts von dem empfinden kann, was in den Büchern geschrieben steht. Ringsherum sind Gärten, in den Gärten sind die Villen als selbstverständliche vielgestaltige Gehäuse von Existenzen: Unternehmer, Erben, Pensionisten, Manager – Leute, die es gibt, die gut leben und auf denen, wie man glaubt, nicht der »historische Akzent« liegt. Sie sind nicht typisch für die Gegenwart. Die Kinder, die da ein- und ausgehen, nennt man privilegiert. Vor dem Tor warten die anderen, die ganz sicherlich nicht aus den Villen kommen, sie hat die U-Bahn angeschwemmt – Volk: Väter, Tanten, Großeltern.

Eva hat es noch in ihrem Bauch, gleich aber wird sie es sehen und so schnell wie möglich in Mutters Wohnung mitnehmen. Noch ist der Schmerz unzulänglich und wird von ihr genossen. Sie krümmt sich, zieht abwechselnd ein Knie hoch, unterdrückt einen Seufzer, der Drang ist einem Bauchgrimmen nach zuviel unreifen Pflaumen ähnlich. Eva liebt unreifes Obst. Schließlich quietschen die beiden Torflügel, ein häßlicher Hausmeister – ein Mann wie ein Bär – stößt das Tor auf, schleudert das schwere Gußeisen auseinander, und das bemäntelte Fleisch schiebt sich durch. Heiß und Frost, Spannung und Erschlaffung und die Kugel zwischen den Beinen zwischen Tür und Angel. Ihr Schrei im Ohr löst sich in graublauen Wellen, sie fällt mit harten Brüsten auf die Insel eines Bettes.

Eine Rose in Seidenpapier, die starken Adern einer knöchernen Hand. Großvaters Schuhe auf dem kalten Boden. Steinerne Miene. Erschöpft sein, Suppe essen. Schenkel weit auseinander: Mutterblut, Schleim und Reinigung.

Eine Null unter Nullen. Ein Kiesel im Kies unter euren Schuhen. Frosch, ganz große Augen, Löcher ohne Grund, Augen, die nichts spiegeln, ein Lebewesen, ein Mensch, eine Hoffnung. Geht das Eva etwas an? Kann sie sich daran festhalten? Irgendeine Verordnung nimmt es ihr aus dem Arm.

Eva ist enttäuscht, weil keinerlei Aufregung entsteht, weil Großvater ihre Entlassung und ihren Einzug *zuhause* regelt, eine Säuglingsschwester engagiert, an die Eltern telegrafiert und Schecks regnen läßt, die ökonomische Situation Gefühle erübrigt.

Ach, die kleinen rosa Zehen! Auch die kleinen süßen Händchen, klein und winzig alles – wichtig ist nur die Verdauung und das Aufwachsen, Wachsen ... Eva ist auf Winzig-Eva böse, weil sie so schnell und fast ohne Schmerzen geboren wurde und weil ihr Dasein kein Problem bringt.

Lärm zersägt Eva, sie will so geschmerzt werden, deshalb saugt sie den Teppich ab. Das Sauggeräusch durchbohrt sie, sie läßt den Schlauch los und wirft sich – bewußter Wurf, demonstrativer Wurf – aufs Sofa. Weint. Bezweifelt die Echtheit ihrer Tränen, das steigert den Trotz zu einem Hundegeheul. Eva läßt das Kind bei Clothilde und rast mit ihrem Autobianchi über gerade Straßen, sie kurvt auf den Semmering, bleibt tagelang in Hotels – sie ist so frei, wie ein Mensch nur sein kann. Der Urschrei in den Diskotheken, Schweiß und Provokation lassen sie gähnen, und die trickreichen Science-Fiction-Filme treiben sie wieder in die Balkonzimmer von Luxushotels. Trotz wie Schmerz. Besonders dann, wenn der Trotz zu Unfällen führt. Eva fährt ihr Auto zu Schrott und humpelt im Gips herum. Sie ist nun nicht mehr geschrumpft und klein, sie trumpft zur vollen Größe auf. Sie will nicht bedauert werden. Sie ist arrogant, ihre Emotionen sind ihr heilig. Zwar ist sie stolz in ihrer Wut, aber gedemütigt, weil sich diese Wut nicht ausleben läßt – sie lebt nicht als der Anarchist, der sie – wie sie meint – ist. In ihren Träumen zerreißt sie die Kleidung ihrer Mutter, schüttet Jauche über sie, verübt sie Gewalt, wird sie in Gefängnissen gefoltert. Sie quält die Bürger durch das Beispiel ihres Mutes.

Aber ohne Badezimmer existieren?

Dann schon lieber ohne Menschen.

Eva fällt in die Frauenrunde ihrer Mutter Evita. Alle in einem Boot. Jeder scharf auf seinen Vorteil. Eine Jede der Spiegel der Anderen, rennen sie gegeneinander an, daß es klirrt. Eva und Evas Mutter sind stolz auf ihre Töchter – auf das Geborenhaben. Zeigen, was man kann. Leistung. Erschütterung. Einsatz der Physis. Sache um der Sache willen, Leibesübung. Jedoch wollen sie keineswegs für ihre Kinder leben, diese lieben. Keinesfalls Familie, damit ist es aus. Großmutter und Mutter lassen das Winzige taufen, damit das Fest ein Fest wird, der Stolz einen Rahmen hat. Sie lachen über die eigene Inkonsequenz, und der Pfarrer macht aus Klugheit mit, denn er glaubt zwar nicht an Gott, aber an die Ewigkeit seines Instituts. Das winzige Kind liegt im gelben Taufkleid in Clothildes Arm – gelb, um mit der Tradition, blau oder rosa, zu brechen.

Einige Damen küssen den Täufling und gebärden sich konservativ.

Seit die Jesuiten in Jeans herumlaufen, hat die Kirche wieder Charme und Pfiff.

Von wem, du guter Gott, von wem ist das Kind? Großmutter Evita – kniefreier Rock – findet es toll, ein Enkelkind zu haben. Unmöglich für alle, die sie kennen.

Evita sitzt Hand in Hand mit ihrer Freundin Marina – vier Augen schimmern zu sehr, und vier Lippen plaudern zu fröhlich in zu hellen Tönen. Es ist ein Zwitschern im Kerzenlicht und ein Sich-aneinander-Schmiegen. Marina und Delila und Anita und Tutti tragen Titel: ich habe deinetwegen, Eva, das Studium aufgegeben, behauptet Evita. Da alle wissen, daß es so nicht stimmt, sagt keiner etwas, aber Evita ist noch nicht fertig: es ist kein schlechtes Nest, in das ich dich gesetzt habe, meine Tochter, nicht wahr? Ich brauche deinen Vater nicht mehr, aber für dich ist er ja da, oder? Schwiegervater, wenn ich dich so ansehe, friere ich. Evita klappert lustig mit den Zähnen; sei nicht so steinern, Schwiegervater. Evas Großvater lacht gefällig, und jeder gewinnt den Eindruck von vielen Reihen breiter, gelber Raucherzähne, die tief in den Rachen reichen und kein Ende nehmen. Eva küßt die harten Lippen, sie mag den klapprigen Großvater, sie läßt sich als junge Mutter feiern. Es gehört zum guten Ton, nicht nach dem Vater des Täuflings zu fragen, da Eva es nicht einmal der Mutter sagt. Unbekannt, so trägt die Behörde in die Urkunden von Geburt und Taufe ein. Der Pfarrer respektiert seine eigene Überflüssigkeit, verläßt nach zwei Tassen Kaffee mit Obers das Fest.

Die Damen wechseln auf die Sitzgarnitur aus gestreiftem Chintz und gehen über zu Whisky und Bloody Mary. Alltag. Es rauchen nicht alle. Sie fragen Eva nach ihren Zukunftsplänen. Keine, sagt Eva, Großvater hat mich sichergestellt, ich verkaufe meine Tage nicht.

Mein Gott, man kann ja auch etwas für andre tun, mehr als ich verdiene, spende ich für die Entwicklungshilfe. Mein Freund läßt ein Spital bauen, in Afrika, ich habs vergessen, wo.

Aus Bambus oder Elefantendreck?

Delila lacht. Ich werde ihn fragen. Was in aller Welt nehmt ihr ernst?

Unseren Krieg gegen das Alter, für den brauchen wir ein Budget.

Man kann die Kulissen wechseln.

Du meinst einen armen Mann, der seine Unterwäsche eine Woche lang trägt? Auch dafür kann man Vorliebe entwikkeln.

Anita lacht. Tutti lacht. Breite, zu den Blusen eingefärbte Lippen, mit Glanz darauf. Behoste Beine, übereinander.

Marina will am kommenden Tag mit Eva lunchen: etwas Salat, Champagner – eine Feier für uns beide. Eva ist dazu bereit, die Ursache von Marinas Charme zu entdecken. Sie ist nicht einmal hübsch, mit ihrem in allen Farben schimmernden Stoppelhaar, das knistert.

Mir kannst du doch erzählen, wie du zu dem Kind gekommen bist.

Nein.

Warum nicht?

Eva bockt. Sie weiß nicht, warum. Sie wird darüber nachdenken. Sie wird es sich abgewöhnen, immer das zu sagen, was der andere erwartet, und spontan antworten. Ich weiß nicht. Sie weiß es nicht. Den Ablauf dessen, was geschehen ist, will sie sich nicht von Marina interpretieren lassen.

Warum nicht?

Eva erstickt an ihren eigenen Fragen und an denen der anderen. Der Sinn von allem wäre, diese Antworten herauszufinden.

Sie weiß nicht einmal, ob ihr gefällt, was ihr imponiert. Zum Beispiel, dieses Zimmer hier. Ölgemälde von nackten Frauen im Clinch an der weißen, körnigen Wand. Grünschimmerndes Leder auf Chromstahlstühlen, darunter weiße Wollteppiche. Durchstilisiert, wie der lebendige, schwarze Neufundländer, imposant und harmlos. Marina hat keinen Busen. Eva hat. Wozu?

Fragen, die zu entziffern sind: Marinas schwarzlackierte Fingernägel, Evas fransiges Flatterhaar.

Der Großvater steht schmal an der windigen Straßenecke, geht ein Stück neben Eva, verschwindet am Parkplatz. Eva ist dermaßen an sein Auftauchen gewöhnt, daß sie ihn manchmal neben sich wähnt, wenn er gar nicht zu sehen ist. Das kann störend sein und ist es auch oft.

Die wahre Revolution steht noch aus, hat Eva vor mehr als einem Jahr den Mann sagen hören, den sie für die Liebesnacht bezahlte.

Ich mag dich, hatte dieser Burschi zu ihr gesagt, und ich gefalle dir ganz gut: du hast Geld, ich brauche Geld, machen wir uns eine schöne Nacht. Eva wollte ihn dafür strafen, daß sämtliche Vorteile dieser schönen Nacht auf seiner Seite lagen, und nahm ihm das Versprechen ab, sie zu vergessen. Sie weiß nicht, wie er heißt, wer er ist, ihr genügte der Anblick seiner ärmlichen Nylongarderobe und der vertretenen Sportschuhe. Daß er nicht sonderlich gut roch, reizte sie. Und sie küßte ihn gern, aber dann ging es zu schnell. Dumm kam er ihr nicht vor, aber es ist ohne weiteres möglich, daß sie ihm dumm vorkam.

Laß mich, sagt sie zu ihrer Mutter, ich will nicht von ihm reden, weil ich nicht wüßte, was. Stolz und Trotz, lacht die Mutter, nimm doch keinen Mann ernst.

Hast du den Eindruck, daß ich ihn ernst nehme?

Tutti sagt: Ein Menschheitsproblem kann man nicht bei einem Cocktail erledigen. Besuch mich, Evi.

Sie leitet eine Zeitschrift, sagte Mutter, gib acht, was du redest, wenn du zu ihr gehst.

Ich frage mich, ob du ihn gedemütigt hast, oder er dich, denn das ist wichtig, sagt die schwarzgekleidete Redakteurin: daß du dir darüber klar wirst, daß jede Frau, ob reich, schön und jung, oder arm, häßlich und alt, von jedem Mann gedemütigt ist, ob er sich nun reich oder arm, alt oder jung, schön oder häßlich, nähert; ob als Liebhaber oder Sohn. Auch Ehemänner sind Liebhaber und Söhne. Der Mann ist immer im Vorteil – die Frau hat nur eine Waffe: die Verweigerung. Darum hast du richtig gehandelt, mein Kind. Wir können nichts tun als uns entziehen; jeweils kleine Siege erringen, das wußten alle berühmten Frauen. Du kannst aber auch als Konkurrent des Mannes leben. Arbeite bei uns.

Nein! das will Eva nicht.

II

Als Eva das Wort vom unbehausten Menschen und vom Haus des Seins hört, gefällt ihr der Ausdruck ohne Kommentar. Hotel, Lift, Auto, Flugzeug sind ihre bevorzugten Orte, ihr Zimmer in Mutters Wohnung liegt im dreizehnten Stock. Im Penthouse, mit dem Blick in alle Horizonte. Eva hat sich dunkle Vorhänge aus schwerem Leinen vor die Fenster hängen lassen, aber auch das beruhigt sie nicht. Sie braucht Bewegung, um darin sich selbst, und das sind ihre Nerven, zu vergessen. So fährt sie denn im Lift.

Vater ist ein Wort, ein mit Schönheit beladenes Wort. Vaters Anblick entzückte sie – es ist drei, vier Jahre her, seit sie ihn zuletzt gesehen hat. Du reifst, hatte er bemerkt und zärtlich ihre Brust betrachtet. Mein Vater. Mein. Sicherlich mag auch sie dieses Wort: mein. Vater sieht nett aus, wie Rock Hudson oder Tony Curtis – die leuchtenden Zähne, das rauhe Lachen, die haarige Stimme. Aber da der Geschäftsmann für alle lacht, mit allen schläft – so Mutter –, ist das hinzunehmen. Wenn der Lift steckenbleibt – sie hat es einmal erlebt –, ist sie froh, allein zu sein, denn die Möglichkeit, vor dem Ersticken befreit zu werden, ist dann größer, und die Sekretion infolge der Panik geschieht ohne Zeugen. Sie hat erbrochen und wurde damals auch sonst undicht.

Zu atemloser Panik gehört aber wohl der Champagner der Fluggesellschaft, von Stewardessen kredenzt, und auch die Hoffnung auf den freien Fall. Das fehlt im Lift. Eva denkt über Luxus nach.

Mein Vater! Mein, wo immer er ist. Mein, unauflösbar wie das Verhängnis der Mutter.

Mein Mann – ich bin keine Solveig, sagt Evas Mutter, also

kann er behaupten, daß er mein Mann nicht mehr ist. Ich kann nur sagen: meine Männer.

Hör auf, Schwiegertochter, dich auf deinen Mann zu versteifen.

So redest du. Dir gehört alles, Großvater.

Allerdings. Er lacht, das Vaterlächeln der Allmacht, und Mutter hüllt sich fröstelnd in einen braunschwarzen Poncho.

Der Lift hält. Großvater steht auf dem Flur. Servus, sagt er. Großgewachsen, hager, im Kamelhaarmantel und mit Schirmkappe, Pfeife und dezent kariertem Sakko. Einen winzigen grellroten Schal um den Hals, drückt er heute Willen zu Humor aus. Das paßt nicht so recht zu seinen harten Backenknochen mit den sorgfältig ausrasierten Hohlwangen und dem übergroßen Kinn. Ein reicher Mann. Er hört ganz gut, wenn er will, sagt die Frau seines Sohnes. Enkelin Eva küßt er nie: Dazu gefällst du mir zu gut! Du gefällst mir auch, Großvater. Er ist der Mensch, den zu mögen gefahrlos scheint, er geht niemandem auf die Nerven, zeigt sich mit gut ausgedachten Geschenken – mit Dingen, die Eva sich heimlich wünscht. Diesmal ist es ein Flug über den Ozean. Es ist Zeit, daß du deinen Vater besuchst, sagt er, und Eva möchte das plötzlich auch gerne. Nimm Fotos von der kleinen Süßen mit.

Alle diese Sitten, sagt Eva. Solltest auch du sentimental sein?

Ich hab für Freitag gebucht und mit deinem Vater telefoniert. Ich fliege nicht mit, nein, ich fliege nicht mit. Ich habe nichts dort verloren.

Eva wundert sich darüber, daß sie darauf brennt, den Vater zu sehen. Sie geht auf ihr Zimmer und sucht zwanzig Minuten lang nach seinem Bild. Mutter hat es entfernt, ehe sie den Flügel wegtragen ließ. Spielt ja keiner auf Vaters Klavier. Zu der Zeit, als Mutter auf der Handelsschule hundertzwanzig Silben in der Minute tippte, betrieb Vater neben dem Studium der Ökonomie auch Musik. Das war vor tausend Jahren. Und das alles, um zu leben. Ums Geld fürs Leben.

Ein glatter Mann, wie ein Filmstar: Schultern, Muskel, Auftreten! Sollte der Feminismus der Mutter Klassenhaß sein? Der Gedanke beschäftigt Eva. Eine schöne kokette Frau, die allein bleibt. Ist sie allein? Eva weiß wenig von ihr. Will auch nichts wissen. Weiß genug. Sie weiß, daß diese Mutter zu rechnen versteht und hinter allen Menschen herwittert. Deshalb wollte Eva sie ja auch mit einem Enkelkind verblüffen. Der Coup ist ihr gelungen. Eva will nicht weiterhin bei Mutter leben.

Sie sieht sich selbst in keiner der angebotenen Inszenierungen: Cannes, Kitzbühel, Monte, Antibes – nein. Aber auch die Piazza Navona ist keine Kulisse für Eva. Sie hat weder Freunde noch Freund, findet hämische Zurückhaltung bei Leuten, die sich selbst hoch einschätzen, und langweilige Subalternität bei den Bescheidenen. Eva ist hochmütig, weil niemand ihren Vorstellungen, die sie nicht zu nennen weiß, nahekommt.

Ein Bild ist Realität: schmale Kiefer, starkes Kinn und gute Zähne, volle weibische Lippen, ein Tänzer mit müdem Lächeln, proletarische Ironie, ein Schmollmund, der plötzlich grinst. Charme? Die Kindlichkeit eines Stallburschen, die Verderbtheit eines Tankwartmörders. Von ihm hat sie die Tochter.

Von allen Sensationen reizt Eva die Angst. In den Nächten vor dem Flug sitzt ihr der Kloß in der Kehle. Wenn der Apparat zu vibrieren beginnt und sich vom Boden abhebt, empfindet Eva die Ekstase, die sich nicht lösen kann. Hoch oben über winzigen Häuserhaufen, über lächerlichen Gebirgen fliegt sie angespannt, mit verstopften Poren, atemlos. Der Kampf gegen die beruhigende Wirkung des Medikaments, das ihr Großvater mitgegeben hat, steigert sich, wenn das Monstrum in dicken Wolken sanft brausend zu stecken scheint, in der Watte von zehntausend Höhenmetern. In Zonen der Turbulenz hat Eva das Bedürfnis zu schreien, sie komponiert dann Geräusche in ihrem Kopf, wird zu dem

Ton, den sie ausstößt. Es ist schon vorgekommen, daß noch jemand geschrien hat. Manchmal verzichtet einer nach dem anderen darauf, sich zu beherrschen, und in perfekter Gruppendynamik lassen sich alle einfach gehen. Außen toben Blitz und Donner, und in der luftdichten Kammer werden die Menschen zu dem, was alle schreckt, zu der Natur, die sie sind. Eva lernt nach solchen Momenten die Scham kennen. Wenn das genossene Entsetzen weicht, sie aus der Hingabe an den Tod der Lust aufwacht, bemerkt sie, daß sie sich zu erkennen gegeben hat – daß nun alle wissen, wie sie wirklich ist: lustgepeinigt. Sie hat sich in der Angst eingerichtet, sie will diese Angst. Eva, ein Schrei, jeder ein Schrei. Der Blitz trifft, der Strom zerschmettert, Eva stirbt, alle sterben.

Unabhängigkeit von jedem Hier und Jetzt.

Keiner weit und breit als der im Luftstrom schräge wehende Großvater, sein Schal winkt auf Wiedersehen.

Lächeln in müden Augen. Ein Halt?

In New York wartet Vater nicht. Sein Anwalt ist da: mit Blumen, einer Hotelreservierung und einem Scheck. Vater kommt erst in einer Woche aus dem Westen.

Dieser Anwalt schaut aus wie jeder in der Menge.

Ich denke nicht daran, auf Vater zu warten. Besorgen Sie mir bitte eine Buchung für morgen.

Der Rückflug wird ein ganz eigenes Vergnügen.

Um die Leere perfekt zu machen, will sie in die Diskothek gehen. Ihres Kindes Vater zu sehen als einen tief in ihrem Innern gehegten Wunsch, den letzten Bezugspunkt zu verlieren. Seine kantige Geschmeidigkeit zu vergessen. Burschi!

Sie hüpft im Kreis wie Rumpelstilzchen, als sie sich bei der Überlegung ertappt, ihre Kleidung für den Besuch in der Diskothek sorgfältig zu wählen. Blind langt sie in den Schrank und greift ein Kleid aus einem Südamerika-Shop, das ihr Großvater einmal mitgebracht hat. Sie vergaß, es Clothilde zu schenken. Eva trägt lieber Hosen. Nun zieht sie das Kleid an und gefällt sich darin. Sie verschmäht das Make-up.

Burschi!

Sie war es, die ihn genommen hat. Sie ist es, die heute auf ihn zugeht.

Das gibts nicht, sagt er, als sie vor ihm steht. Er ist unwirsch, weil er verlegen ist: Das gibt es nicht, sagt er, ich habe mir gedacht, daß ich dich nie wieder sehe.

Ich auch, sagt Eva: Es ist so laut hier. Töne und Lichter tanzen.

Damals hast du gesagt, daß du Lärm gern hast.

Hatte ich?

Du siehst netter aus – ich meine, das Kleid steht dir.

Eva bestellt zwei doppelte Whisky. Lange Zeit sind beide still. Sie sehen einander nicht an. Das wird zu guten Minuten für Eva. Stillsitzen. Warten.

Ich bin jetzt wieder bei meiner Mutter, sagt der Mann, ich hab ein Jahr lang auf dem Lande gelebt.

Mutter?

Sie ist keine feine Frau, meine Mutter.

Aber du magst sie?

Eben deshalb.

Wie langweilig, sagt Eva.

Übrigens heiße ich Joseph. Für Mutter bin ich Pepi.

Wie kamen wir auf Burschi?

Die Kapelle nennt mich so. Ich möchte mit dir meine Mutter besuchen.

Ist das nicht eine Schnapsidee?

Sicherlich, ja.

Sie berühren einander nicht.

Donne moi une caresse, hast du gesagt – ein Befehl – hast wohl in einem französischen Internat parlieren gelernt. Bist ein feines Mädchen – meine Mutter ist Bedienerin in einem Supermarkt. Ich schlafe zuhause auf einem Aufklappsofa und studiere an einem Nierentisch – wenn ich studiere.

Ich möcht das eigentlich gar nicht wissen. Mir ist schon klar, daß du ein Aufsteiger bist. Ich möchte doch zu deiner Mutter gehen.

Warum?

Ich weiß nicht.

Versuchs mit einer Analyse.

Ich möchte dich auch meiner Mutter zeigen.

Nein.

Wie du willst. So gehen wir zu deiner Mutter, Burschi.

Was soll das? Meine Mutter hat Krampfadern und bandagierte Beine.

Na und?

Da graust einer wie dir.

Wahrscheinlich. – Du hältst mich für eine Gans?

Er schweigt.

Kein Grün, einförmige Fassaden, ein paar alte Häuser, die meisten mit nur drei Stockwerken, eine gewundene Stiege mit schmalen Stufen.

Eva grüßt die Frau nicht, die lachend in der kleinen braunen Tür steht.

Pepi, wer ist die Dame?

Sie sehen ihm ähnlich, sagt Eva.

Das muß wohl so sein. Ich heiße Helli.

Eva, sagt Eva. Sie sind sehr hübsch.

Ja, gewesen, sagt die Mutter. Sind Sie seine Freundin?

Ja, sagt Eva. Wir haben ein Kind.

Er verdient es, sagt die Mutter. Er hat einen guten Geschmack und weiß, was er will.

Eva lockert sich gewaltsam, und die Mutter fragt, ob sie Kaffee oder Suppe wollen.

Beides, sagt Eva. Die Frau hantiert am Herd. Eva wünscht die kranken Beine, das dicke schwabbelige Hinterteil ihrer eigenen Mutter an den Leib.

Das Blond ist echt? Helli streicht sanft über Evas Haar.

Iwo.

Meines ist auch gefärbt, sagt Pepis Mutter.
Er liebt Sie sehr, sagt Eva, weil sie das tatsächlich annimmt.
Na sowas. Pepi trommelt mit seinen Fäusten auf den Schenkeln.
Nach Suppe und Kaffee hält es Eva nicht mehr aus.

Joseph liest viel und spielt auf der Gitarre, erzählt Eva dem Großvater. Er will nichts arbeiten, nichts leisten für das Bruttosozialprodukt, er singt wie der Vogel singt – das macht ihn sympathisch.
Der Großvater nickt.

Eva legt die Decke über Klein-Eva. Clothilde wärmt den Brei. Eva hält das Fläschchen. Das Kind will es selber halten. Es verlangt, daß Clothilde neben ihm sitzt. Clothi, kann es schon sagen, und auch: Sitz, sitz, und bitte und danke.
Die Sonne scheint, das Zimmer ist hell, das Wetter nach Frühling. Klein-Eva macht ihre ersten Schritte, und Mama lacht entzückt. Großmutter-Eva packt die Koffer für eine Japanreise mit dem kranken Chef. Clothilde, die Kinderschwester, in der Küche. Die Kleine wird hübsch, sagt Evita zu Eva, ein bißchen gewöhnlich, ein derbes Kind, wo hast du es her?
Aus der Diskothek, ihr Vater ist nicht besonders stark, nicht so ein Mannsbild, wenn ich mich recht erinnere.
Bist du so cool, wie du tust? Denkst du nie an ihn?
Sollte ich?
Ich hasse deinen Vater Tag und Nacht.
Weil er mit einer anderen lieber schläft als mit dir?
Weil er mich betrog.
Warum wolltest du ihn besitzen, für dich alleine haben?
Ja, warum?
Man gibt derlei heute nicht mehr zu.
Oder doch? Gibt man es wieder zu?

Ich möchte mit dem Kopf durch die Wand, sagt sie zu Großvater.

Und was willst du auf der anderen Seite?

Ich will kein Kind, das von vorne anfangen muß. Ich will nicht im Kreise gehen. Das Kind war ein Fehler. Wenn Männer nicht zeugen und die Frauen nicht gebären –

Was willst du damit sagen?

Daß es genügt, Großvater. Es genügt.

Sie haben aufregend gute frische Austern bei Boschatti bei Udine.

Werden wir ein Thema finden?

Um zu reden, meinst du?

Das weiß ich nicht, das hängt davon ab, ob wir es wollen.

Hast du den Mut zu schweigen?

Fahren wir weiter, Heinrich, in deinem lautlosen Wagen.

Willst du ans Steuer, Eva?

Gut, daß es hier nicht schön ist, nur ein bißchen südlich. Der Himmel ist tatsächlich heller, die Luft leichter. Wie kommt es, daß du Bier trinkst?

Es schmeckt zu Austern. In Irland trinkt man Bier zu Austern und ißt Graham-Butterbrot.

Wie kommt es, daß ich glücklich bin?

Warum willst du es wissen?

Warum?

Ich weiß, was du jetzt sagen wirst.

Ich fahre nicht weiter mit dir, Heinrich.

Heute nicht. Nicht jetzt, Kind.

Es hat keine Logik, Großvater.

Nein, wozu auch?

Weißt du, was ich tun möchte?

Du wirst es mir sagen.

Wir fahren zurück und kaufen Vorhänge für das Zimmer von Josefs Mutter – ob sie das beleidigen wird?

Ein bißchen schon.

Ihre sind haarsträubend.

Ja, aber neu.

Muß ich das Muster ertragen?

Rede mit ihr drüber.

Eva hebt die Arme hoch und ringt lachend die Hände.

Der Alte gähnt.

Hoppe, hoppe Reiter, macht Helli, und küßt mit ihren gefärbten Lippen das dicke Kind auf ihren geschwollenen Knien, Bauch und Busen bedrängen die Kleine lustig und weich: sie drückt sich ins weiche Großmutterfleisch und kreischt. Clothilde im Dunkelblau der diplomierten Schwester sitzt daneben und zeigt sich degoutiert. Helli lacht. Ein Enkelkind, das ihr ähnlich schaut! Es schaut ihm ähnlich, dem Pepi, und mir auch. Clothilde mag das nicht, aber die Bezahlung ist gut.

Eva versteht diese Empfindlichkeiten nicht, sie versteht nichts von dem, was sie erlebt. Sie sitzt mit Großvater im Kino und läßt sich dann von ihm zu Joseph in die Diskothek bringen, wartet dort im Krawall der Rockmusik, schlendert mit Joseph durch nächtliche Straßen und findet das Neonlicht schön, möchte in Hollywood sein, hadert mit dem fernen Vater.

Eva und Joseph schlafen einmal da, einmal dort, im Penthouse oder bei Helli, manchmal jeder allein, meistens beide zusammen. Sie sind ein Paar. Keine Probleme. Evita findet es köstlich, sensationell, sie mag Joseph, sie kommt mit Tutti und Marina und Delilah in die Diskothek und findet es très chique, pfundig oder okay. Da Helli einen dicken Hintern hat, erspart sich Evita Konkurrenzgefühle. Schwierigkeiten macht nur Clothilde. Sie findet Helli schlichtweg ordinär; Josephs rüde Ausdrucksweise, die ihm in ihrer Gegenwart erblüht, unerträglich – das gesunde Kind macht keine Mühe.

Helli kann Clothilde nicht ausstehen: Gehen Sie denn nie auf Urlaub? drängt Helli. Fahren Sie doch zu Ihrer Mutter, schlägt Eva vor. Daraufhin ist Clothilde beleidigt. Sie will unentbehrlich sein, die Kleine in ihren Urlaub mitnehmen. Dagegen ist Helli ganz entschieden. Sie hat mitzureden, es ist immerhin ihr Nachwuchs, um den es geht. Joseph mischt sich nicht ein, er ist kein guter Vater. Aber es stellt sich für ihn doch heraus, daß Eva ihm mehr bedeutet als ihr Vermögen. Er will sogar sein Studium abschließen, um ihr einen Titel zu Füßen zu legen, doch sind ihm die Prüfer auf der Universität nicht kompetent genug, und der Stoff, den es zu lernen gilt, regt ihn nur zu Kritik an. Alle Wissenschaft ist anfechtbar, will er wissen, man könnte sich im Grunde nur durch Töne ausdrücken. Musik will er machen. Großvater kauft ein Saxophon.

Evita ist in der Karibik. Joseph übt im Penthouse auf seinem Instrument. Eva schaut sich mit Großvater drei Filme an einem Nachmittag an. Helli spaziert mit Klein-Eva in die frische Luft. Großvater fährt die beiden auf den Semmering. Clothilde verkrümelt sich mit einem Koffer voll Kleidungsstücken – Abschiedsgeschenke.

Helli nimmt Klein-Eva auch zum Friseur mit den vielen Spiegeln mit. Die Frauen herzen und küssen das Kind. Zuhause hat sich Helli mit den neuen Vorhängen, Bettbezügen und mit dem neuen Eßgeschirr ausgesöhnt, weil sie außerdem auch eine Geschirrspülmaschine bekommt. Jetzt fehlt ihr kein elektrisches Gerät mehr, sie besitzt sogar ein elektrisches Messer. Nichts als Glück und gute Fügung. Keine Probleme.

Großvater macht die Situation Spaß. Er sitzt gerne in der Diskothek und läßt sich von Josephs Freunden rupfen. Er borgt kleine Beträge her, bleibt vorsichtig.

Tatsächlich ist Joseph über Großvaters Mächtigkeit nicht informiert. Er kennt sich in der Welt der Vermögenden nicht aus. Er fragt sich, warum Eva, warum Evita Luxusautos fahren und Großvater einen Volkswagen steuert. Das ist Joseph peinlich. Warum kaufen Sie sich nicht einen ordentlichen Schlitten?

Solange der gute alte funktioniert?

Ein heißer Sommer.

Joseph und Eva verbringen diesen Sommer im Gebirge, in einer bequemen Tiroler Pension, in einem auf ländlich getrimmten Appartement – in einem Hallenbad des Hauses mit verglaster Wand und Blick auf den Gletscher. Joseph macht Musik und spielt stundenlang Bänder ab. Eva ist auf die banalste Art zufrieden, steigt in den Bergen herum. Joseph gefällt ihr immer besser, und sie wird allmählich scharf. Großvater kommt und geht, harmoniert mit Joseph, bringt Schallplatten, Zeitschriften und Bücher.

Die Weltlage ist katastrophal, aber Joseph muß das für eine Übertreibung der Politiker halten, die Wählerstimmen zu gewinnen suchen. Ihm geht es gut, es ist ihm nie so gut gegangen. Früher einmal hat er auch geglaubt, durch Wahlzettel und Propaganda die Richtung mitbestimmen zu können, jetzt glaubt er nur an das Glück, an den Zufall, an Ebbe und Flut und an Evas Ablehnung von strikten männlichen Vorstellungen: glaubensloser Fatalismus oder Großvaters Spiel an der Börse. Joseph jammert auf dem Saxophon und bläst auf seiner Flöte. Großvater bringt einen Martin in die Sommerfrische, der Gitarre spielt. Martin ist ein Germane aus den deutschen Heldensagen, ein Grüner, ein Sportler, ein Athlet mit einem Kinderglauben an das Gute, ein lieber Mensch, der gerne mit Joseph musiziert und mit Eva auf die Gipfel steigt. Er besticht alle Menschen, nicht nur Großvater.

Wenn die beiden Männer Nummern studieren, mit denen sie sich in der Dorfbar produzieren wollen, sitzt Eva bei der Wirtin, die sich Cia nennt, obwohl sie Kreszentia heißt. Cia fühlt sich zwischen allen Sesseln sitzend, weil sie die Frauenschulmatura gemacht hat, um keine Bäuerin zu sein, und dann doch einen gewöhnlichen Jäger geheiratet hat, der Spielhähne mit den Ausländern jagt. Sie hat sich ihm so lange überlegen gefühlt, bis er seinerseits zu einer Amerikanerin übergegangen ist, die das Geld eines Filmmenschen in Hollywood auf einer Tiroler Alm gar nicht verbrauchen kann. Man nennt sie im Dorf nach einer Figur in der Fernsehserie Dallas: Lucie. Sie ist gekommen, um Schi zu laufen, hat einen Bauern geheiratet, der für die großen Konkurrenzen trainiert und sich nahezu das ganze Jahr dort befindet, wo es gerade Schnee gibt. Die Alm bewirtschaftet der Knecht François, ein Besatzungskind, das den Menjoubart seines französischen Vaters trägt und seinerseits um Cia wirbt. Cia-Zenzi, wie man sie im Dorf nennt, hat drei Kinder und ist nicht gerade zart, und sie möchte nichts lieber, als mit dem um vieles jüngeren François schlafen, der nichts lieber werden möchte als der Wirt dieser renommierten Pension.

Cia, in Pullover und Jeans ein wenig grotesk aussehend, verbreitet durch die Aussicht auf François eine rosa Aureole, zerfließt breiig, duckt sich, läßt das Haar hängen und lackiert ihre Zehennägel.

Du magst lieber ein Dirndlkleid, das ich trag? will Cia den François zu einem Kompliment verlocken. Er aber sagt zuvorkommend: Streng di net an, mir ist es wurscht.

Eva hört Cias Klagen über François, dem das faire l'amour so geläufig ist, daß er dabei nichts fühlt und nichts denkt, während es Cia so schön haben möchte wie im Kino oder im Roman. Den ganzen Jammer vom Bankrott des Verlangens bekommt Eva zu hören, der das nichts als peinlich ist. Sie selbst findet es mit Martin ganz schön, der seine Liedertexte aus dem Studium der Philosophie filtert und aus den Ereignissen am Fußballplatz. Er ist ein Jetter ohne Geld, der alle Menschen und eben auch Großvater besticht. Er bedient Eva gut, ist ihr aber nicht so vertraut wie Joseph. Auch Joseph will Eva nicht verlieren. Sie bleiben gerne beisammen, wenn es auch nicht die Leidenschaft zu sein scheint, von der man immer nur hört.

Eva denkt und wartet noch darauf, daß sich Eigentliches offenbart. Sie fühlt sich nach wie vor provisorisch, weiß aber keinen Wunsch zu nennen.

Großvater hält die Verbindung mit Helli und Klein-Eva aufrecht. Er läßt die Kuh des alten Nazi, wie er Josephs Großvater nennt, decken und den alten Anbau, in dem Joseph gewohnt hat, für Helli und das Kind herrichten. Der Alte will kein echter Nazi gewesen sein und sagt, er wär's auch nie gewesen, wenn er Großvaters Geld gehabt hätte. Darüber reden die beiden abends auf der Bank vor dem Haus unter der alten Linde. Evas Großvater erzählt von seinem Leben in Kanada vor vierzig Jahren und den Geschäften.

Ein einflußreicher Herr, der sich alles rechtzeitig ausrechnen konnte, sagt Helli, wenn sie von Evas Großvater redet. Er veranlaßt einen Arzt, hin und wieder nach dem Kind zu schauen. Der kommt denn auch an den Wochenenden mit seiner Familie und fährt von hier aus an den See, um zu baden.

Mein Sohn, sagt Josephs Großvater, der war Pazifist und starb an einem durchgebrochenen Magengeschwür.

Ununterbrochen gibt es Ereignisse, Evita hat die Absicht, ihren Chef zu heiraten, ehe er stirbt, weil er sie dafür zu seiner Erbin macht. Heirat, sagt Evita: Du weißt, Eva, daß er seit langem gelähmt ist. Immerhin!

Evas Vater kommt nach Europa, will aber niemanden sehen. Nur mit Großvater vereinbart er einen Termin, um Geschäfte zu regeln. Eva kränkt sich, aber nicht zu sehr, fährt trotzdem in die Stadt, um Großvater nahe zu sein.

Er läßt sie zu sich ins Hotel kommen und erwartet sie in einem kahlen Raum, sitzt in Kissen gebettet in einem Lehnstuhl, der einem Thron gleicht, und hat das Gesicht dem Garten zugewendet.

Du sollst mir etwas erzählen, sagt er. Ich bin müde.

Mich bedrückt, sagt Eva, daß alles, was schön scheint, der Vergangenheit angehört.

Was meinst du damit?

Ach, es war gar nicht so schön, aber es berührt so. Zum

Beispiel die Musik, die sie machen, ich meine, wenn sie musizieren, aber ich denke an etwas anderes.

Was denn?

Die Behörden wollen das Kloster von M. sperren.

Was du nicht sagst!

Dort leben die Nonnen, die nicht reden dürfen. Karmeliterinnen oder so heißen sie. Sie beten und sticken Altartücher. Ich war noch ein halbes Kind, als ich im Dorf die Leute davon reden hörte, denn Laienschwestern betrieben die Landwirtschaft, die zum Kloster gehörte, und schwätzten in den Läden. Ich habe einmal zugesehen, wie eine der Ursulinerinnen eine verrückte Kuh durch den Schlamm verfolgte. Die Kuh rannte über den Acker, der Schlamm färbte ihr glattes Leder wie mit flüssigem Blei, und die Nonne mit blauer Schürze über dem schwarzen Kittel raffte den Rock und rannte ihr kreischend nach, schwang eine Rute, schrie, verlor die Holzschuhe. Die Klumpen aus feuchter Scholle knallten ihr auf die nackten Knie, und sie wischte der gefangenen Kuh mit der Schürze den Schaum vom violetten Wulst des Mauls. Die Nonnen sind alle unterleibskrank, erzählte der Arzt im Ort, sie lassen mich in ihre Zellen nicht hinein, um sie zu kurieren, verfaulen krebskrank auf ihren kargen Lagern, das Blut und die Jauche laufen in Blechwannen ab. Die Behörde will das Kloster sperren.

Es geht in Evas Kopf herum, und sie erzählt es dem stummen Heinrich und redet und redet, weil er es gerne hat, wenn sie erzählt. Er hört aber nicht zu. Eva wird die Kehle eng, und sie beginnt ihn zu beschwören: schiele nicht, Heinrich. Ich sehe das Weiße in deinen Augen, du darfst nicht schrumpfen und eingehen, ich will deinen Blick auf mir, nimm mich mit, schreit sie. Dann versucht sie in seinem Rhythmus zu atmen und auch wie er zu röcheln. Dann höhlt ein gehetztes Blabla von Wörtern sie aus. Sie redet tonlos mit dem Rücken zu den Platanen vor den Fenstern ins blanke Zimmer. Die hellen Flecken auf den dicken Stämmen mustern den Spiegel an der

Wand. Im grünen Gartenlicht streicht Eva über die stumpfe Räude auf den nackten Armen des Verstorbenen.

Eine unsympathische Frau

Nana ist ein Fragezeichen, was sie tut, hat keinen zureichenden Grund, ihre Funktionen sind ihr ein Rätsel. Der Gebrauch ihrer Geschlechtswerkzeuge ebenso wie Kauen, Verdauen und das Benützen der Sprache.

Nana wuchs bei der Tante auf. In diesem Haus, das ein Besitz ist: das Privileg einer Privatheit, und aus diesem Grund eine Enge. Als die ledige Nana dann eine Tochter bekam, ließ sie dieses Baby bei den Enkeln ihrer Tante, bei der Großtante. Nana zog aus, anderswohin in ein kleines Quartier. Sie wollte für sich sein, sie einzelte sich heraus. Sie rannte der Tante davon, ließ das Kind im Stich. Sie wurde Ornithologin. Warum? Sie fragt sich.

Nana liest, schaut, lernt und arbeitet, sie fühlt – aber sie hat für das, was sie fühlt, keinen Ausdruck parat. Manchmal erzeugt diese Wortlosigkeit ein quälendes Völlegefühl. Völlegefühl nennen es die Mediziner, wenn ein Mensch von Verdauungsgasen beengt wird. Die Enge kommt von links, wo das Herz ist, ein ständiges Drängen von zuviel Gefühl ohne Namen. Keine Durchlüftung, keine Zugluft in ihrem Gehirn. Sie hat geschwollene Zehen und Finger. Inbrünstig erforscht sie ihr Spiegelbild, versucht das Bild, das sie sich bietet, zu stilisieren, jede Disharmonie ins Grelle zu rücken, zu betonen, was stört, weil vieles stört. Ihr Hals ist kein Schwanenhals, sondern kurz mit kleinem Kropf. Aus glänzenden Kugeln blickt sie wach. Sie liebt hektisch und hungrig und sie beobachtet – man versteht, daß der Jeweilige das nicht lange erträgt. Deshalb wechseln ihre Männer und nicht, weil Nana gerne wechselt. Oft wird sie verlassen, trotz langer Beine und spitzem Busen. Den Ersten hat sie nicht aus eigenem verloren, er verstarb. Nana wird das Gefühl nicht los, daß er sich verdrückt hat, weil sie ihn zwingen wollte, die Dinge zu sehen, wie sie die Dinge sah. Er trug Goethes Faust im Tornister, und Nana haßt noch heute Goethe, der in Dichtung und Wahrheit zu dem Ausspruch fand, daß es für den Jüngling besser sei, die »Gedanken von dem Ungeheuren, Unfaßlichen abzuwenden«. Das Bedürfnis nach der Lüge, nach der Lüge des schönen Scheins, nach der schönen Verzweiflung macht sie böse: Wenn jemand sie fragt, wo das Positive bleibt, fängt sie an zu schreien.

Lisa rettet das Porzellan aus den Händen Nanas und deckt allein den Tisch zur Feier des achtzigsten Geburtstages der Großtante.

Mutter, das sagt Lisa spöttisch. Mutter ist für sie etwas Lächerliches, und diese ihre eigene Mutter ist ganz besonders lächerlich: Worüber ärgerst du dich, wo verkehrst du? Alles ist gut, du lebst doch, oder?

Lisa, ihr alle seid unglücklich. Gebt es doch zu, daß Glück und Hoffnung Konstruktionen sind. Hilfsmittel, um uns am Leben zu halten. Lisa, hörst du mir zu?

Nein, Mutter.

Ich weiß, daß du mir zuhörst, und deine kleinbürgerliche Wehleidigkeit kann ich nicht ausstehen. Familienfeier: ein Ritual, lächerlich. Du treibst es mit deinen feschen Vettern, einfach weil es dir Spaß macht. Alle werden sie dasitzen wegen des guten Essens, wegen des Erbes. Zusammenhokken, Wärme? Du bist geil und lebst es aus. Und jetzt bekommst du ein Kind und weißt nicht, von wem es ist.

Und will es gar nicht wissen, Mutter. Es ist von einem ihrer drei Enkel, das hab ich der Alten gesagt. Ich gehe nicht fremd.

Nana fühlt zum ersten Mal Zärtlichkeit für diese junge Person. Wenn überhaupt, dann Kuckuckseier, oder?

Nimm an, wenn es dir ähnelt, wie du mir ähnelst!

Trink doch nicht schon vor dem Essen, Nana.

Nur einen Schluck, um mich zu wärmen.

Nana hat lange nicht mehr draußen am See im Schilf gesessen, um Vögel zu beobachten. Sie arbeitet in einem entstaubten Büro des Museums, schreibt von Gedrucktem ab und um, fühlt sich meistens krank und läßt sich wegen Bandscheibenschmerzen und Rheumatismus auf Kur schicken. Doch hat sie das Grausen vor Gefieder, Schnäbeln, Krallen und runzliger Lederhaut genossen. Sie schätzt es, sich schockiert zu fühlen, weil sie dabei empfindlicher und weicher wird, ihre Nüchternheit erschüttert aufgibt und träumt, wenn auch von hexenhaften Gestalten und märchenhaften Geschehnissen. Vogelmenschen.

Ich werde das Fest in voller Absicht stören. Ich will nicht, daß ihr so brav und gescheit tut, voller Vernunft, weil euch das Fressen und Scheißen freut.

Lisa deckt ein gesticktes Tuch über den großen Achtziger aus weißen und roten Nelken.

Als Großmutter jung war, glaubte sie an einen Ausgleich der Güter, an das Verbrecherische des Eigennutzes, an Liebe, Menschenliebe, an Menschenrechte, an Freiheit, Gleichheit und Brüderlichkeit. Daran hält sie immer noch fest in einer Gegenwart, in der sie in einem Monat mehr versteuert als die Angestellten ihrer Fabrik in einem Jahr verdienen und die Genossen ihre Schäflein längst im Trockenen haben. Das ist vernünftig, denn die Hungernden irgendwo in der Welt hätten von ihrem Opfer nichts. Almosen helfen nicht. Revolutionen, du lieber Himmel, sie fressen ihre Kinder.

Willst du es denn behalten? Lisa, willst du mit deinem Kind hier im langweiligen Alltag, im täglichen Einerlei leben? Dienst an der Vergänglichkeit – in diesem Haus, das ein Besitz ist, die Bleikugel am Fuß eines Gefangenen? Großmutters Geschichte: das erheiratete Geld. Zuhause! In Sicherheit verkommen!

Nana setzt sich auf den rotledernen, einem Sattel nachgebildeten arabischen Hocker und starrt in die Vergangenheit, sieht einen schiefen Hals, der einem Schulmädchen gehört, das vor ihr sitzt. Der Hals spannt sich steif verkrüppelt gegen eine Sehne. Der Haaransatz ist dunkel, wie Nanas Schamhaar, drahtig gekräuselt. Die Haut ist fleckig, braun und welk, wie die einer mehrfachen Mutter. Nana starrt darauf, hält sich dran, ist gerettet vor den vielen Mädchen in der Klasse, sie schließt sich dem schiefhalsigen Mädchen an, will es immer um sich haben, weil es anders zu sein scheint. Als Nana entdeckt, daß es ein geordnetes Über-Ich besitzt, bürgerliche Eltern hat, gute Schulzeugnisse, ein großes Schlafbedürfnis und einen niederen Blutdruck, ist Nana wieder allein auf der Welt. Das Mädchen heiratet, kriegt Kinder, verliert sich bescheiden in der Menge.

Die Großmutter schusselt herein in verblichenen Jeans, dick und grotesk, so nachlässig gekleidet, wie nur Wohlhabende es sich leisten können, schiefe Absätze, aber eine echte Perlenkette um den Hals. Einen kostbaren modischen Haarschnitt, ganz kurz. In ihrer besten Zeit war sie Gamin.

Ist Heinrich schon da? Nein, Großmutter, du solltest in der Küche bleiben, bis wir dich rufen.

Der große Achtziger aus roten Nelken liegt unter einer Decke. Jaja, sagt sie, ich weiß: die Friedhofsblumen, das Arrangement. Forsch und locker schwirrt sie wieder ab.

Ich möchte sie ja gerne ernst nehmen, sagt Lisa und schüttelt den Kopf, gerne würde ich sie gernhaben, ich mag sie wirklich.

Gregor kommt durch die schmale Tür, um nach den Vorbereitungen zu sehen. Seine breiten Schultern gefallen Nana – er hat nur sein Unterhemd an und ist einfach schön. Nana genießt den Anblick. Gregor legt seine Hand auf Lisas Bauch – als Arzt und als möglicher Vater – und fragt: Wie geht es uns?

Nana empfindet einen Stoß von Eifersucht. Sie liebt diesen Neffen nicht, sie liebt die Tochter nicht. Oder doch? Lisa lacht und sagt zu Gregor: Spürst du schon etwas? Die beiden küssen sich geschwisterlich.

Gregor gibt auch Tante Nana einen Kuß. Nana fängt an zu provozieren. Sie muß.

Lisa, ich glaube, du bist mir wurscht. Ich habe deine Existenz provoziert, wie ich alles provoziere, damit etwas geschieht, was mich provoziert. Jetzt willst du mich zur Großmutter machen. Was soll ich damit anfangen? Mir ist nicht danach. Wonach mir ist? Ich könnte ja, wie ihr alle, einfach alles durchleben, könnt ich ja, tue ich ja, in etwa, ich bin nicht einmal eitel genug – es sei denn, der Heinrich könnte mich sehen. Der sieht mich nicht.

Wie denn auch,

Gregor hält die Cognacflasche gegen das Licht.

Nein, Gregor, wirklich, sagt Nana.

Gregor sagt: Heinrich ist Großmutters Liebling. Davon ist Nana längst überzeugt. Von ihr hat er seine Ideale, seine Ideologie. Wenn er Molotow-Cocktails in Hauseingänge wirft, tut er etwas, wozu sie nie den Mut hatte, nicht einmal den Mut, Aufrufe zu unterschreiben.

Ich wollte, mir gäbe das etwas, aber ich pfeife auf die Politik, sagt sie.

Wie kommst du darauf?

Weil alle aus politischen Motiven abtreiben.

Geh, Mutter, Nana, das ist doch passé.

Du bist nicht verliebt, Tochter, nein? Ist nicht üblich?

Nana sah ihre Tochter zum dritten Mal, als sie Heinrich zum ersten Mal sah. Es war in Großmutters Ferienort. Nana hatte einen Autounfall verursacht und mußte sich einen neuen Wagen anschaffen. Als wissenschaftliche Angestellte eines Museums verdiente sie zu wenig, um sich das leisten zu können. Für ein neues Auto verkaufte sie sich an die alte Tante. Seit damals verkehrten sie wieder miteinander, Nana und die Tante. Das Wiedersehen gestaltete sich, weil Heinrich auch da war, zu einem Vergnügen. Heinrich lebte damals in einem Internat, und so wie Lisa verbrachte er ein paar

Ferientage mit der Großmutter im Kurort. Heinrich saß im Kurcafé und wirkte auf Nana wie Balsam, weil er den Mund schief verzog und einfach nur sah, was los war: nirgends Zuneigung, nur Interesse: Geld. Nana verliebte sich in das Mißtrauen und in den Haß in Heinrichs regelmäßigen Zügen. Er fühlte das und übertrug seine Reaktion auf Lisa. Nana alterte. Sie mußte es zur Kenntnis nehmen. Er trank den Wein in winzigen Schlucken, kostete ihn mit dem Ekel, aus dem er lebte, um sagen zu können: Ihr kotzt mich an.

Heinrich verschwand im Gefängnis. Man hatte ihm die Teilnahme an einem Bombenattentat nachgewiesen. Nana besuchte ihn, steckte ihm eine Feile zu, die Beamten fanden die Feile und Heinrich lachte sie aus. Der schiefe Mund unter den Jünglingsaugen, die prinzliche Erektion seines Wesens, ein Ausdruck, den Nana irgendwo gelesen hatte, der sie bis ins kitschige Innerste ihrer eigenen Bereitschaft aufrührte, machte sie verrückt. Das Wort Liebe auch nur zu denken, den Teufel wird sie tun. Aufräumen mit dem verdreckten Begriff Liebe. Daß Heinrichs Penis nicht nur ihre Träume, sondern ganz gegenständlich das Dahindenken ihrer Tage beherrschte, gab ihr Kraft.

Nana schenkt vom Whisky in ein Wasserglas, und Lisa sagt: Nein wirklich, Mutter.

Das ist der Augenblick, in dem Wolf hereinkommt, um nachzusehen, ob das Fest begonnen hat. Wolf, in der Uniform eines Soldaten, zerrt seinen Sohn Peter mit sich. Er entschuldigt die Verspätung damit, daß er den Bengel eigenhändig striegeln muß, weil Theresa sie beide verlassen hat. Nana bringt die Gedanken in die Ordnung, die sie leugnet: daß nämlich Theresa des Kindes wegen hätte bleiben sollen. Zunächst zerzaust Nana den glatten Scheitel des kleinen Peter, dann sagt sie: Macht doch nicht so einen Affen aus dem Kind. Und sie zieht ihm das blaue Nadelstreifräckchen aus und öffnet die alberne Masche an seinem Halskragen. Es entsteht ein Handgemenge, denn Peter ist drauf aus, den

Dressurakt elegant anzubringen und seinen Gratulationsvers aufzusagen. Er stößt Nana weg. Ein braves Kind, ein talentiertes Kind, weit über sein Alter hinaus, das Urenkerl.

Die Omi, die Großtante, die Tante, Alle da? Noch ein Onkel steht aus: Der wichtigste, der die Gesellschaft ändern will.

Weil Wolf nun da ist, der Berufssoldat, kann Nana nicht anders, es muß heraus: Großmutter, sagt sie, wieviel hast du eigentlich auf deinem Konto? Ist das Haus hypothekenfrei?

Die Großmutter lacht. Genau das will ich nicht sagen.

Wolf betritt blöde das Glatteis: Ich wette, daß Heinrich es weiß.

Ich weiß es auch, sagt Gregor. Wolf, es ist genug da. Bis zur Apokalypse reicht es für uns alle. Er umarmt Lisa.

Der kleine Peter hängt sich an den langen Gregor, und Wolf sagt zu Gregor: Dich erschlag ich noch einmal.

Darüber bin ich mir im klaren. Wolf zieht Lisa von Gregor weg, hebt sie hoch, um sie zu küssen.

Er ist es nicht, sagt Nana zu Gregor.

Mir brauchst du das nicht zu sagen.

Zum Überfluß küßt Lisa Gregor auf den Mund.

Heinrich kommt nicht, sagt die Alte. Er hat keinen Hausanschluß oben.

Für draußen, für seine Terroristenfreunde, hat er einen, sagt Wolf.

Wie immer ihr auch denkt, die Uniform steht Wolf.

Aber sonst nichts, sagt Nana.

Sie genießt den billigsten Schock, den sie auszulösen vermag. Anders kommt sie nicht an, würde Theresa sagen. Theresa ist am Theater.

Ob Theresa mit Heinrich auftaucht?

Das wäre ihr zuzutrauen, sagt Wolf. Heinrich ist ein Parsifal. Etwas für Hexen!

Übernimm dich nicht, sagt Gregor.

Wolf packt Lisas Schultern, sie geht in die Knie.

Findest du auch, daß ich blöd bin? fragt er sie.

Wer wagt das zuzugeben in den Klauen der Macht.
So redete man vor dreißig Jahren.
Und heute, Omi?
Heute scheißt man auf alles.
Omi ist auf der Höhe der Zeit.

Heinrich ist längst im Haus. Er sucht in der Dachkammer, die er bewohnt hat, nach alten Büchern. Er schlägt sie auf und legt sie aufgeschlagen auf den Tisch vor dem Fenster. Er vergißt, was ihn langweilt: die Verpflichtung, auf Großmutters Geburtstag zu erscheinen. Er glaubt sich diese Langeweile schuldig zu sein, obwohl es köstlich aus der Küche riecht. Im Gefängnis hat er gestrickt, um sich weiblich zu fühlen, und er hat nach fallenden Maschen gefischt. Er hat auch nachgedacht und es aufgeschrieben, aber unter den Büchern, die man ihm brachte, waren nicht immer die, die er brauchte, um seine Gedanken zu stützen. Die Zitate für seine eigenen Zwecke hatte er oft nur unklar im Kopf. Jetzt sucht er nach Vergessenem, Verschüttetem, dem, was ihn ausmacht.

Er glaubt es sich nicht, aber er will es glauben, daß er imstande ist, allein zu sein, in sich versunken auf sich gestellt, und die vergessen kann, die unten auf ihn warten, ihn nervös machen, weil sie warten, Rechte auf ihn zu haben glauben.

Er will nicht der Anachronismus sein, der er ist, keine Archetypen um sich haben, er wollte ein Revolutionär sein und sieht sich auch da überholt – aber diesen Naiven da unten, Resten der Urkommune, will er den Kampf nicht nur angesagt haben. Er möchte gerne ohne sie auskommen, aber es duftet so gut nach dem Braten aus der Küche zu ihm herauf. Die Großmutter hat ihn verwöhnt. Wenn Kleider Leute machen, so hat sie ihn gemacht, und aufgefüttert hat sie ihn auch nach seiner Entlassung. Er gehört nicht unter diese Leute. Sie beobachten ihn und seine Nervosität, erraten etwas von der Vorfreude auf Theresa. Da ist fast Kapitulation drin, daß sie ihm wichtig ist. Er bekam Jahre geschenkt, weil er sich gut geführt hat, und auch das ist ein Nachgeben, da es ihn beschämt. Bin ich feige? In Stunden der Einzelhaft kommt man sich auf die Schliche. Er steht sicherlich nicht hier am Fenster, um sich in Größe und Nichtigkeit auszukosten, sondern in der Hoffnung, von Theresa gesehen zu werden, wenn sie die Straße herunterkommt. Von ihr geholt zu werden.

Heinrich in seiner alten Dachstube, in die es keineswegs hineinregnet – in einer ganz schön raffiniert eingerichteten Gelehrtenklause – wagt es nicht, sich das Haar zu raufen, weil das theatralisch wäre; so hat er keine Gesten und keine Gedanken mehr, aber er sieht noch, daß Theresa ins Haus geht.

Theresa stürzt sich auf den kleinen Peter, bringt in Ordnung, was Nana zerzaust hat, bindet die Schleife und stellt das lebende Bild gerührten Wiedersehens. Sie schielt nur wenig nach Beifall, steckt der Großmutter des von ihr noch nicht geschiedenen Ehemanns ein Paket gebundener Kritiken als Geschenk zu: die besten nach zwanzigjährigem Fleiß auf den Brettern, die die Welt bedeuten. Mit Widmung.

Wo ist Heinrich? fragt nicht Theresa, sondern Nana. Ihre Augen glänzen, sie wird hübscher und jünger, als Heinrich eines seiner langen Beine lässig durch die Tür schiebt – er spielt Theater.

Nana kreischt, oh Gott, und zeigt, wie ihr zumute ist.

Als Nana an Großmutters Kurort Heinrich wiedersah und er kein Kind mehr war, reiste Großmutter mit Lisa ab. Nana blieb und lud den Jungen ein, weil ihm noch ein paar Ferientage zustanden. Er zog in ihr Zimmer. Sie erlebte damals die Erniedrigungen einer hoffnungslosen Verliebtheit und den Stolz einer hoffnungslosen jungen Seele neben sich. Nana schlief kaum und verbarg ihre Unruhe. Der Knabe warf sich schlaflos herum, und wenn er morgens die Augen aufschlug, waren sie voll Haß. Nana dachte nicht daran, ein so schönes junges Gefühl mit Vernunft zu beeinflussen. Sie rannten, jeder für sich, spazieren, sie aßen und schliefen gemeinsam und sie schwiegen. Durch ihr Schweigen entspannte er sich. Sie ahnte, daß man ihn in der Schule quälte und schlug – eine Törleß-Situation –, und sie schenkte ihm das Buch von Musil. Er wurde zutraulich. Seit damals standen sie einander nahe: Tante und Neffe. Beide traurig, aus verschiedenen Gründen.

Lisa bemerkt die Veränderung in ihrer Mutter und erkennt am Gekreisch die Not.

Jetzt sind alle da, der Aperitif kann genossen, das Blumenarrangement enthüllt und die Großmutter geküßt werden: pour felicité, der Reihe nach. Heinrich starrt Theresa an. Wolf beschäftigt sich mit seiner entlaufenen Frau. Er braucht Geld. Sie ist ein gut verdienender Star, und er lebt von seinem Soldatensold. Die Privatschule für das Kind ist teuer. Weil Heinrich Theresa im Auge behält, tut das auch Nana. Nach dem vierten Ricard läßt sie heraus, was sie denkt, und kommt selbst erst dahinter, als sie es ausspricht. Es ist eine Liebeserklärung. Alle hören zu und fassen es wohl auch auf, aber sie sind nicht darauf eingestellt. Nana greift ihren Neffen Heinrich an: Seht ihn an, schreit sie und weist mit dem Finger auf ihn, wie er posiert, wie er da steht, in der Tür lehnt, salopp, elastisch, biegsam dünn. Seidenhemd, Bundhose aus Paris. Das Lächeln eines Christus am Kreuz, von einem Nazarener gemalt, mit getrimmtem Lockenkopf. Dir fehlen Zähne, weil du dich vor dem Zahnarzt fürchtest. Du blauseidene Unschuld du. Bist auf die Nase gefallen!

Und ihr alle mit mir – seid ihr nicht links gewesen im Jahr achtundsechzig?

Nana dreht jugendlich eine Pirouette, läßt die Schlitze in ihrem Kleid aufblitzen.

Ja Lisa, es geht mir glänzend, ich fühle mich wohl: Essen, Trinken, Vögeln. Wozu noch Selbstachtung? Wozu wählen: Playboy oder Sandler. Marx und Freud trugen die Bärte ihrer

Skrupel. Ihr scheitert an Theorien. Mir tut der Haß wohl – eure Visagen. Es ist schade um die Menschen.

Seinerzeit, beginnt die Großmutter.

Um Gotteswillen, verschone uns mit deinen Geschichten.

Meine Märchen langweilen euch, und ihr selbst habt nichts im Topf.

Doch: Jeremiaden.

Heinrich legt seinen Arm um Nana und nimmt ihn schnell wieder weg.

Großmutter erzählt: In der Nacht, als Hitler in Paris einmarschierte, war es sternenhell und aus dem Radio kamen klassische Musik und Glockengeläute – übrigens auch, als Stalin in Wien – ich versteh das nicht, ganz wurscht, was passiert: Glocken – auch immer wenn hohe Kleriker in der Peterskirche – besonders jene mit den schwarzen Gesichtern, in Rot und Gold. Hitler und Bokassa haben das übertrieben. Alles Leben ist mit Mutterblut bezahlt, deshalb die Schuldgefühle der Männer und ihre Lust, selbst zu bluten. Blutzoll ja, ich weiß, passé.

Für dich, Omi, sagt Gregor zärtlich, für dich ist das kein Thema mehr. Wo aber sitzt unser Handicap, Heinrich?

Zum Glück riecht der Braten. Der Duft wird penetrant, und Lisa schießt in die Küche. Sie erscheint wieder mit dem heißen Fleisch auf der Blümchenschüssel. Lieblich im Folklorekleid, ein Bild der Jugend und Frische: alles wieder von vorne. Nana verlangt danach, ihre Tochter zu verletzen, tödlich zu treffen, heiße Suppe möchte sie über sie schütten. Sie tut es nicht, kein Mensch begriffe die Lauterkeit dieses Wunsches. Begreift sie denn selbst, wie gut sie es meint? Meint sie es gut?

Könnte es Heinrich sein, der Lisas Kind gezeugt hat? Möglich! Hier weiß nur eine, wie belanglos dieser Umstand ist. Lisa fühlt sich von zustimmenden Frauen umgeben. Es geht niemanden etwas an, das Ungeborene und die Mutter gehören allen – der Vorgang der Geburt, die Funktionen geschehen, werden in der Öffentlichkeit betreut. Medizin, Ökonomie, Soziologie erwarten das neue Geschöpf.

Nana nimmt Heinrichs Hand und küßt sie.

Theresa schreit: Mein Gott, bist du besoffen!

Kann sein, daß es der Rum ist, von dem sie ein Fläschchen in dem Beutel hat, in dem auch ihre Brillen sind.

Wolf übernimmt den Vorsitz und schneidet den Braten. Die andern gruppieren sich um den Tisch und halten ihm die Teller hin. Die triefenden Fleischstücke schlenkert er geschickt über das Tischtuch. Nana weint. Die Tränen strömen – wenigstens das.

Sie spinnt. Das tritt so mit dem Wechsel auf.

Ist aber peinlich.

Ich liebe dich, sagt Heinrich zu Theresa, und nichts sonst zählt.

Theresa lacht. Mich? Du?

Was der sich einbildet, sagt sie und kaut.

Die anderen kauen auch und reden nicht mehr.

Nana erstickt, weil sie das Wort nicht findet, das Wort, das tötet, das der Anfang von Etwas ist. Sie erträgt das Einverständnis nicht. Das Erbe ist nur eine, wenn auch die wichtigste Ursache des Familienzusammenhalts. Für Heinrich ist es nicht das allein, er ist der Alten zugeneigt, sie rührt ihn, er ist noch jung genug, ihr als das Kind zu danken, das sich in ihrem Schutz gut fühlte, das sie in seiner Widerspenstigkeit gedeihen ließ. Sie wollte ihn widerspenstig. Sie hüpft ungeschickt an ihm hinauf, er weicht mit dem Mund aus, er drückt nur ihren runden Leib an seine Schenkel und ihre Frisur an seinen Hals – du machst mir das Hemd mit dem Lippenstift rot – und stellt sie wieder von sich.

Heinrich möchte sich gerne an den Frauen wärmen, sich warm halten, bestrahlen lassen, und die Öfen in Abstand halten. Aber nur Theresa, die einzige, der er eigene Hitze entgegensetzen könnte, hält Abstand. Was soll sie mit dem Verrückten?

Nana rennt ins Bad. Theresa folgt ihr. Theresa weiß zwar nie, was vorgeht, aber sie spürt, wenn etwas in der Luft liegt. Sie hat auf der Bühne gelernt, auf Anstöße zu reagieren, ohne viel nach Absichten zu fragen. Das macht ihr Spiel so wirksam, und ihr Temperament läßt es ursprünglich erscheinen. Theresa kann jeder getrost lieben, er gerät nicht in Gefahr, geliebt zu werden: als Penthesilea, weißt du, Nana, bin ich gut, ich zerfleische ihn, den Geliebten, auch noch als Leichnam, weil er auf der Bühne natürlich kein Leichnam ist und mich geil macht. Er spielt auch den Phaon. Achja, Nana! Mit den Zähnen zerreiß ich ihn, den toten Geliebten. Das tut mir Kleist mit dieser Szene an. Sie überlegt: Vielleicht, wenn ich so alt sein werde wie du.

Nana mustert Theresa stumm und sagt dann: In zehn Jahren.

Theresa streichelt Nana. Das ist ein Trösten, das nicht gut ist – eine Schadenfreude, die sich großzügig bremst.

In diesem Badezimmer gibt es Weißes, Blaues und Verchromtes. Nana denkt an Delft, Theresa an die Inszenierung eines Sternheimstücks, und dann plappern beide über das, was sie sich unter einem Badezimmer, das auch ein Klo enthält, vorstellen. Diese Räume, sagt Nana, die da so dienen! Ich mag die Räume und ihre Einteilung nicht. Kulissen und Regie.

Man gewöhnt sich daran. Zuhause habe ich es unordentlich, seit ich nicht mehr mit Wolf wohne, ist das sehr gemütlich. Ein Durcheinander, und alles gehört mir.

Hier sieht man jeden Dreckfleck.

Sie lächeln einander zu und wissen nicht, warum.

Die Fenster gehen auf die Straße, aber das sieht man nicht, denn statt Fenster sind Spiegel eingesetzt, die den Raum vergrößern und die beiden spiegeln.

Sie zeigen gut, findest du nicht, Nana.

Ja, meine Hübsche.

Theresa ist klassisch schön. Ihre Züge wirken fertig und geschlossen, das zu beiden Seiten herunterhängende Haar läßt das Gesicht streng erscheinen. Sie ist schon zu alt für Flatterhaar. Jeder Fehler, den Nana bei Theresa entdeckt, freut sie auf sinnlose Weise. Sinnlos, weil sich alles, was dieses Gesicht für Heinrich bedeutet, dem Versuch einer Feststellung entzieht. Nana haßt Heinrichs Phantom um Heinrichs willen, der ihr Phantom darstellt, und weil sie selbst keines Menschen Trugbild mehr ist. Woran sie erstickt, ist ohne Sinn und Verstand – ein Aufruhr. Hätte sie den Mut, Theresa zu erwürgen, sich die Adern aufzuschneiden – hier liegt Großmutters Damenrasierzeug, die kleinen Klingen blitzen im Spiegel. Man kann es nicht tun. Die Zeit ist fortgeschritten. Man glaubt sich selbst nichts mehr. Eine tote Frau, zwei tote Frauen, es ist immer dasselbe, Mord und Totschlag, Selbstmord, Verurteilung, Strafe, langweilig und auf nichts zu beziehen – wie die Jahre, die Heinrich im Gefängnis abgerissen hat.

Nana sucht den Silberstreif: Wo alles aus ist, muß etwas anfangen. Auf dem Locus sitzend fühlt sie sich auf dem Hochsitz, von dem ihr Blick nicht mehr auf das Wild gerichtet ist, das aus den Wäldern tritt. Sie verzichtet darauf, Theresa zu vernichten. Inmitten der Hygiene einer synthetisch duftenden Toilette versucht sie, Theresa gelten zu lassen.

Mein vergebliches Verlangen darf mich nicht unleidlich machen, ich darf mich nicht in meine Wünsche eindrehen. Zwanzig Jahre, liebe Theresa, stehst du im Rampenlicht. Gesehen werden, ausgelichtet werden, exhibitionieren, wer will das nicht? Du mußt sein, was du bist: ein Bild ohne Gnade, eine Fata Morgana der Liebenswertigkeit. Würdig der besten Gefühle. Zwanzig Jahre lang hat man in dich hineingelegt, was die Texte in dich hineingelegt zu haben schienen.

Achja, Nana, ich weiß. Glaubst du, daß Wolf deine Lisa geschwängert hat? Er ist immerhin noch mein Mann.

Ich garantiere dir, daß er das bleibt.

Und die Stegreifspiele? Ihre und seine?

Ich glaube, daß Lisa nicht spielen will, aber leider tut sie es: sie spielt Stegreif ohne Regeln. Daß sie den Vater ihres Kindes nicht kennt, stellt sich jetzt als ein Gag heraus, der sie selbst am meisten ärgert. Sie kennt ihn wirklich nicht. Aber das Erbe hat sie nicht riskiert. Einer von ihren Vettern ist es. Sie hat nichts riskiert und kann sich so fortschrittlich selbst imponieren, wie sie es möchte. Sie will im Grunde Wolf, der sich nichts aus ihr macht, so wie Heinrich dich will und du ihn nicht. Wir leiden an ungestilltem Verlangen, ob emanzipiert oder nicht.

Der Spiegel irritiert Theresa, weil Nana es vermeidet, ihr direkt in die Augen zu sehen. Theresa hat das Gefühl abzurutschen, wegzugleiten als ein Objekt, ärger als auf der Bühne. Einmal wurde sie indirekt mitgefilmt. Sie kennt kein größeres Unbehagen, obwohl oder weil sie damals schöner war als je zuvor.

Nana will so aufrichtig wie möglich erscheinen, wenn sie die Dumme überredet, zu Wolf zurückzukehren, der ihre Hilfe braucht, um seelisch und finanziell über die Runden zu kommen. Das fällt ihr nicht leicht, denn sie wünscht auch Wolf nichts Gutes.

Theresa sagt: Weißt du Nana, Wolf ist jünger als ich, und er hat Prinzipien. Du hast schon recht, neben ihm könnte ich als Frau, die ihm den Sohn geschenkt hat, ruhiger altern. Ich gehöre dann eben ganz zur Familie – man ist ziemlich einsam in meinem Job.

Nana nimmt sich die Mühe, ihr Lachen zu unterdrücken. Sie will hier auf dem Locus Theresa für Heinrich verderben. Sie zieht Theresa auf ihre Knie wie ein Kind, legt den Arm um sie, als wäre es Heinrichs Arm, und als wäre es seine Illusion, aus der er jetzt zu ihr spricht und Theresa ernst nimmt. Sie redet wie ein Mann, der Ideale hat und ihr die Sendung schön zu sein und für andere da zu sein als einen persönlichen Verzicht schildert, der ihr seinen Respekt sichert. Nana wendet sich vom Spiegel weg, blickt in Theresas große Pupillen und küßt sie – sogar gern.

Ach Nana. Theresa schmiegt sich an Nana. Denk dir, er spielt nicht nur den Achill, er spielt auch den Phaon. Er spielt sie alle, er ist der beste, und er sieht auch am besten aus.

Wer, Theresa?

Am Sonntagabend zerfleische ich Achill, und Montag bis Freitag stürze ich mich wegen Phaon vom Felsen. Als Sappho. Er ist auch der Klügste von allen.

Phaon.

Und Achill. – Nana, lach doch nicht!

Nana hat wieder einmal die Situation und ihren Ernst überschätzt. Es ist alles, wie es immer gewesen ist. Kleist und Grillparzer die großen Männer, Dichter, sie schaffen es noch.

Peter! ruft Nana, klappere nicht am Schlüsselloch – komm zu uns.

Die beiden sind über eine halbe Stunde im Bad. Lisa lacht in einem fort, und Gregor redet mehr als sonst. Lisa, sagt er, wir sind die einzigen Freien in der Runde. Ich als Arzt habe einen geachteten Beruf, und du wirst Mutter. Ein Grund zusammenzugehen. Kein Grund, um nicht zu heiraten. Wenn wir das Übliche tun, sind wir unverkrampft.

Lisa antwortet: Ich weiß nicht. Das Übliche ist nicht mehr ohne Krampf und nicht mehr üblich. Von mir aus sollen sich Nana und Theresa – das gibts doch nicht, daß die miteinander etwas zu reden haben.

Reden? fragt Heinrich und läßt sich seine Nervosität anmerken.

Gregor findet das spannend. Bedenkt man die herrschende

Langeweile, so wird doch eigentlich viel gelitten. Er umarmt Lisa spielerisch und schüttelt sie. Sie küßt ihn mitleidig. Was bedeutet das alles?

Großmutter schneidet die Torte an und verteilt die Stücke auf die Teller. Sie zermantschen die Tortenstücke, aber sie kosten nur. Nur die Alte ißt viel, trotz des Zuckers in ihrem Blut. Sie ist lüstern auf Süßes. Höflichkeit hält sie vom Fernsehen ab. Die Jugend ist kritisch, streng, allergisch gegen den Kitsch der Serien.

Die schöne Sitte in Sizilien, Frauen tragen Schwarz. Lisa sagt es, weil ihr Großmutters Bluse nicht gefällt. Lisa entwirft Mode. Großmutters Bluse hat ein geometrisches Muster, über das rote Blumen gestreut sind.

Großmutter, zieh dein schönes schwarzes Kleid an.

Es läßt mich so alt aussehen, Kind.

Wo ist Peter? Wolf fällt es auf, daß seines Sohnes Tortenstück noch auf dem Teller liegt.

Vermutlich bei seiner Mutter, sagt Gregor.

Warum holt ihr ihn nicht herein? Großmutter findet es nicht gemütlich.

Wolf und Heinrich stellen das Schachspiel auf. Großmutter redet hinein in die Partie, Gregor kiebitzt. Heinrich ist unaufmerksam und verliert. Lisa geht ab.

Nana macht das Fenster auf, öffnet den Raum, macht den Spiegel verschwinden, will aus dem blauen Design ins Freie hinausschauen. Ein paar kranke Bäume stehen am Rande einer vielbefahrenen Straße. Der Geruch von Benzin dringt in die parfümierte Atmosphäre herein durch die plötzliche Zugluft. Lisa kommt durch die Tür. Peter schlüpft unter ihrem Arm weg.

Was macht ihr hier?

Nichts, sagt Nana. Ich hielt es nur drinnen nicht mehr aus. Jetzt spielen die Männer Schach und schütten Wein in sich. Eure Großmutter geht mir auf die Nerven. Ich bin dafür, daß sie allmählich daran denkt zu sterben. Die Alten werden seltsam in ihrer Freude am Leben.

Bist du ihretwegen aus dem Zimmer gegangen?

Lisa, sag mir, ist Heinrich leidenschaftlich?

Nur wenn er besoffen ist, Mutter. Er haßt Zufriedenheit und Vernunft wie du, er hält nur schöne Frauen für begehrenswert, für seiner Liebe wert – Siegeskränze, Lorbeerkränze, Ruhm noch und noch – alle wollen das.

Theresa kennt den Text: »Doch wohl ihr, zeigt die Strebende sich da, wo ihr die Herrlichsten im Kampf entgegenstehen«, nicht wahr, Nana? »Im blutigen Feld der Schlacht muß ich ihn suchen, den Jüngling, den mein Herz sich auserkor, und ihn mit ehernen Armen mir ergreifen, den diese weiche Brust empfangen soll.«

Nana ist abwesend, sie sagt: Auch in den Altersheimen, in den Irrenhäusern gibt es Sex.

Beschäftigt dich das, Mutter?

Großmutter trippelt gestikulierend herein und schließt die Fenster.

Wie könnt ihr das Fenster zur Straße öffnen! Nur über die Balkone, aus den Gärten lasse ich die Luft ins Haus.

Nana beugt sich aus Heinrichs Dachfenster. Sie fällt aufs Gesicht. Als Leiche ist sie häßlich.

Ohnmacht

I. Die Großmutter

Die kleine Fanny lief morgens mit einer dünnen Gerte einer Schar Kühen nach, trieb das dumme hellbraune Vieh dorthin, wo es von selbst hinlief, denn es kannte die Weide und abends das bunte Haus, das weitgeöffnete Tor, das zum Stall führte, Fanny molk, mistete, machte Heu, setzte Kartoffeln, fing Krebse mit der Hand im Rinnsal vor den Häusern, schaute vorn in das besonnte slowakische Straßendorf und vom hinteren Schuppen ins fruchtbare Feld.

Als sie 1870 in die Großstadt kam, um reichen Leuten zu dienen, war sie vierzehn. Den Lohn sandte sie an ihren Bruder, der sich anschickte das Wichtigste zu werden, ein geistlicher Herr. Die Gnädige war gräflich und hatte die Verantwortung für Fanny übernommen. Die gutmütige Köchin schlief mit Fanny in der Kammer und ließ sie beim Kochen zuschauen und mithelfen. Fanny, das Mädchen für alles, verbrachte mit der Köchin die angenehmsten Tagesstunden in den Markthallen in aller Frühe. Fanny trug die Körbe und wurde von Nachtschwärmern, den Früharbeitern angestarrt, die am Stand Würstel aßen. Sie lächelte versonnen, wenn den Herren Offizieren die Säbel zwischen die Beine gerieten und sie stolperten. Bald schon sagten ihr die Kavaliere im Frack, daß sie ebenso appetitlich sei wie die Obstberge und grünen Gemüsehaufen. Neben dem wahnsinnigen Gelb der Zitronen und dem polierten Rot der Äpfel lockte sie als lebendige Frucht. Selbst die zwitschernden Spatzen und die gurrenden Tauben, die überall pickten und kosteten, flogen ihr zu. Die Köchin lachte laut, die Wachleute lachten laut, die Fanny aber hielt sich am stummen Lächeln eines Landbuben fest, der hinter Zibeben und Nüssen, Arancini und kandierten Kirschen Spezereien verkaufte. Das Lebkuchen-Herz, das er ihr schenkte, roch nach Zimt, und die Köchin sagte zu, als er beide zum Sonntag einlud, mit ihm aufs Praterfest zu gehen. Da kommt er dann, der Anton, in Uniform auf die grüne Wiese und bringt einen Korporal mit, der exakt zur Köchin paßt.

Am nächsten Sonntag wollen sie ins Hippodrom. Fanny probierte die Salben alle aus, die im Badezimmer der Gräfin auf der marmornen Platte standen. Es gab schmierige und glänzende und solche, die sich wie Gelatine anfühlten, allesamt aber rochen sie so gut, wie die Gnädige, die sie morgens und abends benützte.

Kein Makel war auf ihrer Haut. Fanny konnte auf der eigenen auch keinen Fleck entdecken. Fanny bedürfe der Tuben und Döschen nicht, sagte die Köchin, noch nicht. Fanny probierte diese Salben auch nicht für sich aus, sondern für Anton, dessen Hals rundum einen roten Streifen aufwies, als wäre er vom Galgen geschnitten worden. Eine dicke, blutige Wimmerlspur kam vom rauhen, hohen Uniformkragen, aus dem er seinen Hals recken mußte. Sie dachte daran, wie sie mit den Fingern ihrer Rechten diesen Kragen lockern würde, um schließlich mit der flachen Hand den Knabenhals rundum einzusalben. Mit diesem zarten duftenden Zeug, um ihn dann aufs rasierte Kinn und schließlich auf den Mund zu küssen. Fanny griff an das Kreuz auf ihrer Brust und betete, Gott verzeih mir die Sünd, weil sie auch noch eine parfümierte Seife stahl, um sich damit, vor dem Ausgang, in ihrer Kammer zu waschen. Sie zog die weiße gestärkte Stickereibluse an und zwei rote schwingende Röcke übereinander. Es tat ihr leid, daß man die spitzenbesetzte Hose nicht mehr sah. Die Schnürschuhe paßten nicht so ganz, aber mit den Stiefeln hätte man sie für eine Amme halten können, so vollbusig wie sie war. Es sah auch wirklich zum Genieren aus, wie die Backen des Paares glänzten, so daß der Fotograf ein wenig Mehl darüberstreute. Unser Hochzeitsfoto, flüsterte Anton ihr ins Ohr. Fanny bestand darauf, vorher in die Kirche zu gehen. Sie feierten diesen Kaisergeburtstag in der Kammer der Köchin, neben der Küche. Die Herrin befand sich in Ischl. Dort spielte die Gesellschaft das Kostümstück gestellten Daseins, die Operette ihrer Wichtigkeit, spielten sie die Formen, die sie von Lakaien um billigen Lohn gewährt bekamen. Im Stiegenhaus des Stadtpalais, an den Wänden der Mägdekammer hingen die Bilder wie Prospekte erfüllten Lebens. Die Culs de Paris, die Pleureusen, die Mieder und die Gehröcke und die Schnauzbärte und die ordensgeschmückten Brustkästen als die erstrebenswerten, die wertgebenden Zeichen gewichtiger Existenzen. Viribus Unitis, das Bild der beiden Kaiser bestimmte, neben den süßen Heiligen, den Ort der Ehrfurcht. Was galt, was sich gehörte, war auf den Familienbildern in den Salons überall zu sehen.

Das dichte Seufzen und rasende Umarmen in der Mädchenkammer wurde lächelnd im Genre geduldet, sogar noch, als die Gräfin zurückkam. Auch das Volk soll lieben und leben und seinen Elendsritus spielen. Aber die Romantik der Dienstbotenkammern darf nicht vollbäuchig real und grob in Erscheinung treten, die Heimlichkeit darf die Moral nicht beleidigen. Fanny sagt dem Anton, daß sie ihn bald werde bitten müssen, sie zu heiraten, weil sie ein Kind bekäme. Da läßt sich der Anton versetzen und schreibt: Fühlst du schon vom Bewußten etwas, macht es dir Schmerzen, muthet dir jemand etwas Bedenkliches zu, hast du es deiner Schwester schon mitgeteilt ... Wenn ich nur in deiner Nähe sein könnte und deinen Schmerz, welchen ich dir zugefügt habe, weshalb du nicht verzweifeln brauchst – lindern könnte, leider Gottes, daß es uns nicht möglich ist beisammen sein zu können ... Liebe Fanny verzweifle nicht, ich werde dich nicht verlassen, solange es in meinen Kräften steht, werde ich mein Möglichstes thun ..., so schrieb der Anton.

Du wirst nie einen Mann kriegen, wenn du dein ganzes Geld dem Bruder gibst, damit er studieren kann. Du brauchst eine Mitgift und ein Sparbuch, das kann dein Liebster von dir verlangen. Komm, sagte die Köchin, schreib dem Bonaventura ins Seminar einen Brief. Jetzt mußte die Fanny damit heraus, daß sie nicht schreiben konnte. Sie war nie in eine Schule gegangen. Die Mädchen waren von vornherein zum Dienen bestimmt. Fanny ließ sich die Hand zu einer Unterschrift führen, schickte den Brief der Köchin ab und sparte den Lohn für ihr Kind.

Einen Mann mußte man sich kaufen. Entweder man zahlte beim Lieben Gott für ihn ein, wie für die Weihe des Bruders, oder man gab dem Ehemann das Geld. War das die Wirklichkeit, und der Anton konnte gar nichts dafür? Der Mann steckt die Mitgift ein – so sah es die Köchin – und ernährt mit dem Erlös aus diesem Einsatz später Frau und Kinder. Er baut seine Existenz auf das, was die Frau mitbringt. Manchmal heiraten die Armen auch ohne diese Existenzgrundlage, aber das pflegt schlecht zu enden. Die Köchin ihrerseits hatte einen Sohn ohne Vater, der Rauchfangkehrer geworden war, um die Meisterstochter zu ehelichen. Und sie hatte einen Bruder, der als Laternanzünder sein Auskommen fand, weil seine Frau gegen Kostgeld fremde uneheliche Kinder aufzog und damit zum Hausstand beitrug. Dieser Laternanzünder nahm Fannys kleine Roserl in die Kost und gab ihr mit dem Essen auch die Ideale, das Gedankengut der Sozialdemokraten ein. Rosa lernte Lesen und Schreiben und die Internationale singen.

Fanny machte Karriere. Gute Zeugnisse und die warme Fürsprache der Gräfin verhalfen ihr zu einer Anstellung in der Küche des Hofes. Für den Kaiser durfte sie hinfort Spinat und Apfelstrudel kochen. Dieses Avancement und emsiges Sparen veranlaßten sie, Rosas Vater aufzusuchen.

Es gab ein Foto von 1890 mit Klein-Rosa drauf in weißes Hasenfell süß gekleidet. Die aufrechte Mutter Fanny, hochgeschoppt und auffrisiert, Taillenweite achtundvierzig, begehrenswert und fesch daneben.

Auf ihr Klingeln öffnete eine verweinte Frau, und ein schluchzender bärtiger Vater saß am Sarg eines Säuglings, der wie ein Gericht zwischen Blumen und aufgestickten Herzen auf dem gedeckten Tisch aufgebahrt lag. Der Vater schloß Rosa wie ein Geschenk des Himmels in die Arme. Fanny konnte er nicht gebrauchen, die Ehefrau stand an seiner Seite. Kein Königsdrama, das Zimmer ist voller Kissen und Vorhänge, gemütlich.

Mit Genugtuung über Antons Unglück riß Fanny ihm die Tochter wieder aus den Armen. Rosa hatte es ja bei der Mutter gut. Sie wohnte, wo die Deutsche Garde wohnte: in der Hofburg, im Innern der Residenz, im Schweizerhof, in einer Weise privilegiert an Herrschaft gebunden. Unter den Soldaten bei Zapfenstreich und Appell wächst sie auf.

Im selbstgenähten Schleppkleid geht sie mit einem gräflichen Leutnant zum Blumenkorso in die Haupthalle, so fein und beklommen, daß beide einen Tag lang nicht wagen, die Toilette aufzusuchen. Die Schleppe wirbelt ihr den Staub unter die Röcke. Abends hockt sie stundenlang im Zuber, um die Staubkrusten aufzuweichen.

So glücklich ist sie, daß Fanny Angst hat: Rosa soll sich nicht mit Grafen verplempern.

Sie bekommt einen Schwiegersohn, aber einfach wird das nicht und auch nicht das ganz große Glück.

Fanny betet, benetzt sich mit Weihwasser, geht schwarz, schwer und dunkel in das Gewölbe der weiträumigen Hofküche. Sie heizt den großen Herd mit Papier und Spänen an, schiebt Holz und Kohle nach, legt die Kipferln aufs Tablett, bereitet das Frühstück für den Landesvater. Es kränkt sie, daß sie nicht würdig ist, zu servieren. Das tut der Lakai mit weißen Handschuhen. Er nörgelt auch noch. Sie ist getroffen, beleidigt, putzt den Spinat und die Nase – als eine der kleinen Küchenschaben in der Habsburgischen Hierarchie. Billionenmal Existenz, billionenmal kleiner Schmerz als Bedingung allen Funktionierens.

Fannys Enkelin fürchtet sich vor dem Tod an des Kaisers Bahre, klammert sich an Fannys Kittel, auch in den Markthallen, wo es rot auf den Fliesen schimmert von den Kadavern der Schlachttiere und die Körbe für die exotischen Früchte leer bleiben. Die Offiziere sind ihrer Sterne und Säbel beraubt, und die Würstel sind rationiert. Trotz Hunger geht es weiter, als der Monarchie abgeschworen wird. Der letzte Kaiser, so alt wie Fannys Tochter, dankt ab und fliegt aus dem Land.

Fanny bleibt in der barocken Küche der Hofburg und kocht weiter, nun für die Beamten der Republik. Sie ist Staatsbeamtin geworden und legt weiter Groschen auf Groschen zurück für die Mitgift ihrer Enkeltochter. Die erste Heiratspolice in Friedenskronen ist perdu. Das Alte geht weiter, ohne den Glanz, ohne die Ehrfurcht, die Fanny verletzt hat und durch die sie verletzt wurde. Der Lakai serviert nicht mehr in weißen Handschuhen, er schält Kartoffeln, macht Kleinholz, untersteht Fanny. Nun kommt es heraus, daß ihre Arbeit stets wichtiger war als seine. Das macht Fanny ratlos. Wenn er mit nackten Händen in grüner Schürze Lasten trägt und den neuen Herren dient, hätte sie das freuen sollen. Es freut sie nicht. Nichts freut sie. Und wenn sie kreischt: hin ist hin, um nichts ist schade, dann weint sie bitterlich wie damals, als der alte Kaiser starb: der alte Fallot.

Auf einem der zahllosen Wege des HERRN wand sich Fanny unter Seinem Kreuz. Wer bist du Weib, fragte Jesus, die Sanftheit der Taube, die Klugheit der Schlange.

Als Anton starb und Rosa Fanny die Nachricht brachte, sagte Fanny: Es ist mir egal. Ihr greises Gesicht spiegelte sich verzerrt in den kupfernen Pfannen. Sie freute sich nicht an ihrer hübschen Wohnung. Sie werkte weiter für ihre Nachkommen. Dem Schwiegersohn der Tochter baute sie den neuen Altar absoluter Geltung. Für ihn arbeitete sie. Allabendlich verließ sie die alte Küche, ging über die prächtige Ringstraße zu Fuß zu ihren Biedermeiermöbeln nach Hause.

Wenn sie über einen Hinterhof und über eine eiserne Stiege in ihren Kammern gelandet war, sah sie aus den Fenstern auf drei ausgediente Klohütten, die jetzt von Kaninchen bewohnt waren, auf einen uralten Ahorn, auf eine Mauer, hinter der die Kinder einer tschechischen Schule tobten. Ihr alter Herd rauchte mit schlechtem Abzug. Taubheit des Herzens, ewige Ruhe: Sie starb 1933. Ich möchte auf das Unwesentliche verzichten.

Ich leide den Sinn nicht mehr.

II. Die Mutter

Als Tochter und Tochters Tochter die Großmutter aufsuchten, fanden sie eine Sterbende im schmalen Lehnstuhl stekkend, bewußtlos, aber aufrecht, den Hut verschoben auf dem Kopf, vor dem kleinen Stehspiegel auf dem Tisch. Um ihren Hals am schwarzen Halsband hing – wie stets an Sonntagen – das kleine Medaillon aus blauem Email mit dem Bild des Liebsten, des Kindesvaters in der einen Hälfte und dem Kindergesicht der Enkelin in der anderen. Sie hatte sich wie jeden Sonntag für den Segen in der tschechischen Kirche am Rennweg bereit gemacht. Rosa, damals selbst in den Fünfzigern und achtzig Kilo schwer, das Kind der Liebe, zur Rührung verpflichtet, suchte das hübsche metallbeschlagene Kästchen mit ihres Vaters Briefen: Poststempel 1880. Die Köchin mußte Großmutter die Briefe vorlesen, die Köchin schrieb die Antworten – damals war Großmutter, noch als Stubenmädchen, den Köchinnen untertan. Die wechselnden Köchinnen in wechselnden Stellen hatten Fanny gern.

Da saß Tochter Rosa nun neben der Röchelnden, wartete auf den Arzt und raunte und raunte in einer Suada von den alten Geschichten. Die Dreißigjährige der dritten Generation erlebte bei der Totenwache die Peinlichkeit des Seelenlebens einer Mutter im Klimakterium, die klagend davon erzählte, wie sie Erinnerungen und Berichten zufolge bei irgendeiner

Verwandten der ledigen Fanny, irgendeiner Köchin entbunden wurde. Bei irgendwelchen Verwandten irgendwelcher Köchinnen wuchs das Kind der Schande auf. Die Mutter kam an jedem zweiten Sonntag, beschenkte die Betreuer ihres Kindes, versuchte Liebe für das Kind einzukaufen. Vierzehntägig genoß die Kleine Mutterliebe. Die Mutter schalt mit allen den Kostgebern und die Plätze wechselten rasch. Immer weinte sie und immer wollte sie etwas Besseres für ihr Kind finden: den besten Platz.

In der Schule mußte Rosa hinten sitzen, immer hinten. Du bist unehelich, sagte der Pfarrer, du mußt mehr beten als die anderen. Bete für Vater und Mutter, die eine schwere Sünde begangen haben. Als Sündenkind, Kind der Sünde fühlte sich Rosa ganz demütig, ein Paria: Nein, dort darfst du nicht hingehen, dorthin werden nur Kinder anständiger Familien eingeladen. Anständig – das war sie wohl nicht. Es gab eben immer einen Unterschied zwischen ihr und den anderen Kindern, selbst wenn sie irgendwo bei armen Leuten zu dritt in einem Bett schliefen. Unehelich. Ein Makel, ein Gebrechen. Aber so böse auch die Katecheten auf Rosa waren, die sie als Unkraut aus der Herde schieden, so traf sie doch auf einen Kostherrn, der seinerseits mit der Kirche zerfallen war und Rosa einen anderen Begriff von Brüderlichkeit und Menschenliebe plausibel machte und vom Teufel sprach, der in die Säue fuhr. Viele Rätsel für das kleine Mädchen, aber er lehrte sie den aufrechten Gang. Er gab ihr ein Rückgrat, selbst verfemt als der Rote Laternanzünder. Mutters Bitterkeit tat dann das Übrige.

Rosa ging nicht mehr zur Kirche, und Fanny war das recht.

Fannys ungebrochene Frömmigkeit war die Beschwörung des Teufels, sie zu schonen. Für Großmutter war Gott böse, sie mußte sich mit ihm gut stellen. Rosa erklärte: Wenn es ihn gibt, soll er mir helfen. Ich tue nichts Böses, ER schon.

Als Großmutter Karriere machte und in des Kaisers Küche kam, ging Rosa in die Schneiderlehre und zog mit ihrer Mutter in die Hofburg ein. Dort lebte sie dann im gleichen Trakt wie des Kaisers Deutsche Garde. Ein süßes Wiener Mädel unter den Elitesoldaten – einer strammer als der andere. Sie lebte die »Liebeleien«, die Schnitzler literaturfähig machte. Es gab einen Grafen, der sie auf den Korso mitnahm und ins Sacher, ihr Blumen schenkte und einen Ring. Sie nähte in den Nächten an den Kleidern, die ihm dann gefielen. Natürlich war diese Liebe ein Traum, der nie Wirklichkeit werden konnte, aber einen Ehemann fand sie. Er tanzte gut, und sie liebten einander mit starker Sinnlichkeit. Die Mutter erzählte es dem Kind gerne, wie heiß diese Zeit gewesen ist und wie unerhört glücklich und im wahrsten Wortsinn erfüllt die Zeiten von drei Schwangerschaften waren, die alle mit entsetzlichen Enttäuschungen endeten. Rosa konnte nicht gebären, der Kaiserschnitt galt als gefährlich. Der Tänzer wollte den Eingriff nicht erlauben. Da der Geliebte aus einer anständigen Familie stammte, war an Heirat nicht so ohne weiteres zu denken. Aber als Großmutter finanzierte, setzte sie während der vierten Schwangerschaft die Heirat durch. Erst die fünfte Schwangerschaft brachte durch die Operation das gewünschte Ergebnis. Ich lebte. Von nun an gibt es das Kind.

III. Das Kind

Im Drang, den Sinn zu finden und die Bilder zu verkraften, sucht das Kind mit seiner Familie zurechtzukommen. Es sitzt an allen Weihnachtsfesten und den Geburtstagen nach den Bescherungen unter den Christbäumen und neben den Torten, zündet Kerzen an und bläst Kerzen aus und blättert in den neuen Büchern. Sehr schnell überblickt es das Durcheinander, forscht nach runden Gestalten, nach dem Glück, Geformtes zu erkennen. Findet die Klischees, die Erfüllung von Mutters Wünschen: die Liebe, ach ja, die Liebe! Zwitschern und Locken? Ja das haben die Mädchen so gerne, die im Stübchen und die im Salon . . .! Du singst falsch, sagt Vater zu Mutter, es tut in den Ohren weh. Hab ich nur deine Liebe, die Treue brauch ich nicht. Die Liebe ist die Knospe nur, aus der die Treue bricht. In Hosenträgern neben dem Herd kippt er noch einen Bitteren. Komm herab, oh Madonna Teresa, sieh, wie schön ist die Nacht! Leise wollen wir horchen und lauschen, was die Nachtigall sagt . . .

Großmutter hält die Zeitung verkehrt in der Hand. Das Kind schaut ihr aufmerksam ins Gesicht. Da merkt Großmutter, daß etwas nicht stimmt. Mutter, barfuß im Nachthemd, holt sich die zerknüllte Zeitung aus der Ecke. Glättet sie. Nimmt die tägliche Aktualität zu sich. Das Kind fischt die Milchhaut vom Kaffee und verschmiert sie über den Tisch. Mutter gegenüber sitzt Vater. Lehnt sein katholisches Regierungsblatt gegen die Kanne. Über das Blechgeschirr hinweg, das sie an Wochentagen benützen, werfen sie einander die Schlagzeilen an den Kopf. Nach dem Frühstück sagt er: Ich muß in die Bukowina. Einen Artikel einführen. Ein Rätsel für das Kind, eine Erleichterung für Mutters Herzbuben. Mutter sagt: Ich geh in die Versammlung zu den Roten.

Der Vater ist in der Etappe, der Herzbub zieht an die Front. Der Kaiser stirbt, und das Kind sieht seine Leiche. Viele sahen diese Leiche. Viele sind bestürzt, weinen, viele sind erleichtert, froh. Alles vibriert, oder fühlt nur das Kind dieses Zittern?

Von der Kirchturmspitze runde Töne mit dem Sonntag einatmen. Das Kind liegt zwischen den Eltern. Blasses Heiligenbild schaut herunter. Kein Öldruck. Vornehm-sanfter Hintergrund: Glaube. Vaters Fez knallt rot gegen die Blümchentapete: kein Kopfschmuck, Schutz der bloßen Haut.

Weit ist das Fenster geöffnet, der helle Sommer ist im Zimmer. Mutter bringt den Kaffee in der Porzellankanne ans Bett, und ich schlucke die Milchhaut, weil es nicht angeht, sie hier zu entfernen. Das Kind im frischbezogenen Leinen. Es riecht nach Seife. Das ist ein Augenblick vollständiger Darstellung glücklichen Familienlebens. Mutter ist rundherum ein Knalleffekt, Mittelpunkt. So schwarz das Haar, so weiß das Hemd, rosa die ganze Person. Nur am Sonntag ist der Tisch mit Silber und Porzellan auf Damast gedeckt. In geschliffener Karaffe gelber Wein. Großmutter will wie ihr Kaiser essen, für den sie kocht. Mutter hat als Kostkind bei armen Leuten gelernt, daß alle Menschen gleich sind. Überall perlt der Wein in die Gläser. Der Tag des Herrn gilt.

Seite an Seite alle drei, Nähe im Gleichschritt, Gras und Stamm. Familienausflug. Keine Ruh über den Wipfeln, nein, Schwitzen und Dampfen nebeneinander, angewachsene Bukkel, Rucksäcke, Pan im Gehölz süßharzig heiß. Feuchte Erde riecht gut, der heilige Franz redet mit den Vögeln, unter seinen Lumpen ist er staubig, am Kreuzweg dräut das Kruzifix.

Ein Wuschelkopf in gleicher Höhe und noch ein dünnhaariger Kinderschädel. Sie gehen Hand in Hand. Holzschuhe, Kriegsschuhe klappern, die andern beiden gehen auf schmutzigen Zehen. Das kitzelt. Ich schenke dem Mädchen meine Sandalen. Ich küsse beide, reibe mich an ihnen, drücke mich an sie. Warum fürchtet ihr euch vor mir? Sie sagen es nicht. Das Kind ist traurig bei dem Gedanken, sie weggehen zu sehen, ohne geküßt worden zu sein. Sie passen nicht zu dir, sagt die Mutter, das Kind weint und denkt, sie sind meine Geschwister.

Das Kind möchte eine rote Bluse. Das Rot muß framboise sein und zu einem blauen Faltenrock passen. Es wird dann wie es selbst aussehen. Es sieht nicht gut aus, weil es nicht aussehen kann, wie es aussehen will. Aber es fühlt, daß es aussehen könnte, wie es sich das vorstellt, wenn, ja wenn es diese rote Bluse hätte. Mutter will es möglich machen, aber sie hat nicht das Geld, sie will eine Wolle in Erdbeerrot besorgen, um eine Bluse daraus zu stricken. Das Kind denkt Tag und Nacht nur an diese Wolle, bis die Mutter endlich geht, tut, was man von ihr verlangt. Das Aufwickeln der Strähne auf ein Knäuel macht das Kind ungeduldig. Die Farbe wird zweifelhaft, wenn das Rot dünnfädig durch die Finger läuft, bis die Wolle dann in Teile verstrickt, zu einem Gebilde zusammengefügt, die Erwartung enttäuscht; schrumpft die Hoffnung auf Perfektion wieder, nur in bestimmter Position ist das Mädchen schön.

Wunderbar volles Haar. Mutter, auf das Haar des Kindes angeredet, sagt: Sie hat es von meinem Mann. Vater schweigt. Ich werde dieses Haar Jesu Schmerzen weihen, Nonne werden. Nur Gott sieht in dieses heimliche Gelübde: Was kriege ich dafür? Mindestens die strahlende Scheibe ums blasse Gesicht. Möchte wissen, warum sie nicht meine roten Backen hat, sagt Mutter. Auf das Profil schielend riskiert das Kind das Entsetzen. Die Kurve trifft sie wie der Haken, der die Nase darstellt. Die Kuve haut hin. An ihr hängt zappelnd das Kind. Es ist schuld, häßlich zu sein. Es wurde an der Hexennase aus dem Kessel gefischt, sie muß sich läutern, Leben ist eine Chance, die häßliche Nase das Kreuz, an das sie genagelt ist. Klein wie sie ist, ist sie würdig der Gebote. Eitel ist sie, unzüchtig ist sie, aber sie liebt Gott genug, um das Fleisch abzutöten. Sie kniet vor dem Kreuz, konzentriert sich erst auf den Schmerz in den Knien, auf das Steifwerden, die Starre, die Blutleere und auf das Einschlafen der Glieder? Das schmerzhafte Aufstehen ist die Buße. Wofür, Hochwürden? Erschlaffen tut gut. Bauchweh vom kalten Steinboden.

Das Mädchen nimmt die spröden Zopfenden in den Mund, wenn es betet, um die Erlösung des Vaters zu erzwingen, der ins gestärkte Leinen, zur Mutter in die Daunen kriecht, sie drängt sich dazu. Wie die Viecher, sagt die Großmutter. Mutter schläft mit Ketten und Ringen, die die Großmutter an sie hängt. Die juwelengeschmückte Mutter im Bett ist verdammt. Das ist so. Die Großmutter spart schon für das Ehebett des Mädchens.

Großmutter lacht und lacht und lacht über sich selbst. Sie tanzt in der bunten Hose – genäht aus einer dicken Decke. Das Kind will und will und will, daß sie ihren Kittel überzieht. Das Kind will nicht, daß sie aus der Rolle fällt. Es spürt die Isolation, in die Großmutter durch ihre unpassende Fröhlichkeit gerät. Ihr Zopf, Gegenstand andächtiger Verehrung, löst sich aus der Krone.

Mutters Herzbub lugt durch die Tür, zieht sich zurück. Schlägt im Nebenzimmer das Cimbal. Daraufhin verschwindet Vater aus der Wohnung. Das Klappern der Türen, die Klänge der Saiten lassen Mutter aufatmen. Spannung weicht, und das Kind geht auch weg. Es nimmt das Netz mit den Büchern, stelzt im Gefühl erlebter Tragik an den Donaukanal, blickt übers räudige Gras der Böschung, ins schnell fließende, grüne Wasser und erwägt die Möglichkeit, irgendwo im Warmen zu lesen.

Das Kind ist noch zu klein, um in ein Lokal zu gehen, und ich besitze nicht eine einzige Münze. So lande ich im Warteraum eines Vorortbahnhofs. Sehr warm ist es dort nicht. Ich gräme mich so wie die Elendsgestalten um den Kanonenofen und wühle im Reichtum aller Figuren, die ich mit mir trage. Ich besitze mehr als je ein Kind und sage mir Gedichte auf: Im fernen Land unnahbar euern Schritten steht eine Burg, die Monsalwatsch genannt, ein lichter Tempel steht dort inmitten, so kostbar als auf Erden nichts bekannt.

Es gibt noch eine andere Möglichkeit, sich weit weg zu begeben: in die Kirche. Dort ist es sehr kalt, und man kann, anstatt sich zu kränken, das Zittern auf die Spitze treiben, die Glieder flattern lassen für das Seelenheil: Tu mir weh lieber Gott und erlöse dafür meinen Vater – ich friere für einen lachenden Vater. Bitte, lieber Gott, laß ihn lachen.

Mutters Mutter, Vaters Vater, Vater und ein längst entlassener Dienstbote aus besseren Zeiten halten Spielkarten in den Händen, sitzen im Gaslicht unterm grünen Schirm um den polierten Tisch und schwatzen wie Gogols »Leute auf Dikanjka«. Vater lacht.

Großvaters rote Backen brennen und lassen sein Haar noch weißer erscheinen. Mutter in der Küche hat eine Meinung über ihn: Das Schwein hat achtzehn Kinder gemacht und seine Frau ins Grab gebracht.

Vaters Vater sagt Sie und Rosa zu meiner Mutter. Sie schlägt ihm auf die Finger. Von mir verlangt er: Nähe mir den Knopf an, und hält den Hosenbund hin. Ich nähe den Knopf an und rieche seinen Moschus. Es geht soviel vor, das nicht in meine Lektüre paßt.

Ich lese im »Kampf um Rom«, ohne etwas zu verstehn, und trete auf Mutters gewichsten Parkettboden wie auf den Marmor eines antiken Tempels.

Wie macht man ein Kind, achtzehn davon? Ich will es nicht wissen. Was ich ahne, ist schlimm genug. Ich will nichts Gemachtes sein.

Mutter Rosa sitzt gerne im Kaffeehaus. Für sie bedeutet das Selbständigkeit und Emanzipation, mit Beamtengattinnen Bridge zu spielen. Als eine in der Runde trägt sie den dicken goldnen Ehering zur Schau, obwohl sie einen Versager geheiratet hat.

Einen Batschka-Deutschen vom Balkan, der nach 1918 den geachteten Posten verloren hat und nicht mehr mit ihr schläft.

Die Notwendigkeit seines Rückzugs aus dem Ehebett wird erst dreizehn Jahre später geklärt, nachdem er gestorben ist. Eine neue Liebe der Mutter ist nicht der Grund gewesen, er weckt in der Mutter bloß neues Schuldbewußtsein und neue Renitenz. Geschlagen ist sie, störrisch, sentimental und demütig. Höchste Not bei höchstem Anspruch, denn sie versteht es zu träumen, sie sieht die Ziele, glaubt die ganz großen Ideen von der Gleichheit und Brüderlichkeit aller Menschen: nur die Vogelfreiheit kann sie ausleben. Und diese Freiheit macht die Kindheit ihrer Tochter zu dem, was später repressionslos heißt. Kein Verbot gilt. Mach was du willst, alles ist erlaubt, weil sie dir nichts erlauben, die Menschen sind langweilig, wozu, zu was soll ich dich dressieren? Ich weiß es nicht, sagt die Mutter, denn du lebst als meine Leistung, als meine Rechtfertigung vor diesem schweigenden Säufer, deinem Vater, der mir mit seinem gräßlichen Alleingang Angst macht. Er meidet uns.

Mein Kind sagt sie, mein großes Erlebnis, meine süßeste Kleine, mein Alles, mein Einziges, das ich unter dem Herzen trug. Das hört die Tochter in keiner Lebenslage gern. Die Vorstellung, in diesem Bauch, der neben ihr im Ehebett rumort, einst gelegen zu haben, ist der Tochter hochnotpeinlich. Auch du wirst einmal ein Kind unter dem Herzen tragen.

Nun hör schon auf, sagt die Tochter, liegen zwischen den Gedärmen, neben den Gedärmen, das zerstört ja alle zärtlichen Gefühle. Sie mag sich nicht mehr an den Busen der Mutter schmiegen und auf das Wachsen des eigenen warten, mag das nicht hören, nicht diese tragischen Klagen aus dem mütterlichen Mund, aus dem Muttermund: diesen stetigen Bezug auf Blut und Fleisch, die Vokabeln fordernder Herzlichkeit, Liebe, Wärme, Menschlichkeit in der pochenden Einheit der Herztöne, die Regelmäßigkeit der Atemzüge, wenn es nächtlich einsam und still um beide ist und sie beide auf erlösende Erlebnisse warten! Enge in einer Haut. Unten die andern Einsamen hinter dem Weinglas, im skrotalen Grölen dieser Anderen – an die Mutter und Tochter denken, wenn sie zu verrückter Nachtzeit die Wäsche im Keller waschen. Sie tun es nur, wenn es bereits unbedingt nötig ist, wenn sich die Berge der Leintücher, Tischtücher und Unterhosen stapeln. Der Kessel dampft, die Schmierseife riecht scharf, das nasse Leinen duftet wattig, es ist heiß, sie haben wenig an, sie riechen in der feuchten Luft ihren eigenen Schweiß. Sie dampfen vor Anstrengung beim Rumpeln und Winden, und sie singen dazu unter Auflösung ihrer Anstrengung, die zur echten Kraft wird. Sie brüllen Dienstmädchenlieder aus dem Biedermeier und Liebeslieder aus dem Zupfgeigenhansl und Wienerlieder, Operettenarien, sie schmettern im Keller, wenn oben alles still ist: Es schlief ein Graf bei seiner Magd bis in den frühen Morgen …

Ihre erhitzten Weiberleiber genießen sie auch beim Teppichklopfen, und sie plärren ihre Lieder als lockende Sirenen im sonnigen Hof an der Klopfstange.

Mir gefällt es am vierzehnten Geburtstag. Dieses eigenartige Bauchweh hat Qualität. Mutter verdirbt alles, weil sie gerührt ist. Jetzt bist du eine Frau, sagt sie, und es klingt mir obszön. Deine hysterische Tochter, sagt Vater.

Hysterisch ist das Kind nicht. Es ist empfindsam, nervös und hektisch. Es lernt nichts in der Schule und ist doch immer den andern voraus. Man sagt von diesem Kind, daß es das Integral begreift und das Einmaleins nicht kann. Faul, frech und schlampig steht im schlechten Zeugnis als Bemerkung. Trotzdem wird es sozial gefördert und Schulmänner reden den Eltern ein, es studieren zu lassen. Dem Vater ist das nicht recht, aber die Mutter ist für die Selbständigkeit der Frau, für Wissenschaft, Politik und Emanzipation der Frauen.

Das Kind stopft sich voll mit Lektüre, sitzt auf dem großen Plüschsofa bei Großmutter und staunt über dieses Leben: denn Großmutter kann immer noch nicht lesen und schreiben, sie läßt sich bei Unterschriften die Hand führen und macht auf Dokumenten, außer der Kritzelei, noch drei Kreuze dazu.

Da sie nur noch aushilfsweise arbeitet und eine Pension als Staatsangestellte bekommt, kocht sie für die Familie. Gewohnt an große Mengen, kocht sie zuviel. Töpfe werden herumgetragen und verschenkt: Apfelstrudel, Rindfleisch, Torten und Gemüse. Der Herzbub ist arbeitslos, der Vater ist arbeitslos, viele Menschen hungern. Die Großmutter legt monatlich fürs Enkelkind zurück, für eine Heiratsausstattung. Das Kind spürt die Liebesversuche. Großmutter weiß nicht, wie man Nähe sucht und findet. Sie stopft die Mägen und schenkt Erspartes her, sie wird schließlich die armselige Hochzeit des Kindes mit einem, der arm wie eine Kirchenmaus mit Skizzen beladen aus der Kriegsgefangenschaft heimgekehrt ist, finanzieren. Einer aus der großen geschlagenen k. u. k. Armee, die es nicht mehr gibt.

Großmutters Schimpftiraden, die wie Hilfeschreie sind, schmerzen das erwachsene Kind, das sich bereits an Ideologien mit Menschenliebe aufrichtet. Machtlos sieht es, wie Großmutter an ihrer Sprachlosigkeit erstickt.

Auch ich habe keine Sprache, ich habe die Sprache nicht, aber ich rede, ich rede, ich rede, um Sprache zu finden, ich zweifle am Schweigen, ich zweifle am Sinn der Rede. Ich fließe im Strom meiner Rede in das Schweigen, das nicht übrigbleiben soll, zum Beispiel über Großmutter, die nur lesen konnte und nicht schreiben.

Großmutter flucht um Hilfe und schwankt schwer schreitend noch mit sechzig, siebzig, achtzig als eine Waage einher, die Körbe an den Armen wie Schalen austarierend, um den Ballast im Gleichgewicht zu halten. Im Fixpunkt erstickt sie an ihrer Stummheit, die wortlose Eindeutigkeit macht sich in Flüchen und Gebeten Luft. ICH scheint sie zu sagen, aber wieso, aber wo, aber wie? Die anderen verständigen sich, sie schreit, wenn es sie dazu drängt: Die Drecksau, das Schwein, dein Großvater, da hat er mich sitzenlassen.

Gott, Gott und die Heiligen boten ihr Halt und Rahmen. Rahmen und Gott waren ihr wirklich. Für die Lügner, für die Weltenbaumeister von Wolkenschlössern, materialisierte Diener der Transzendenz, für die Pfarrherren mußte Großmutter leben. Das hat man ihr eingetrichtert. Gott, die Herren und die Dienstboten. Für diese Einrichtung, die in Ewigkeit für Ewigkeit gilt.

Auch ich liebe die Gottesdienste, ich gehe auch als Frau gerne in die Kirche, für mich ist das wie Walpurgisnacht, Bacchanal, Venusberg, Ferdinand Raimunds Zauberwelt, ganz großes barockes Theater, schöner als Sport, Versammlung und Kaffeehaus.

Großmutter, Mutter und Kind – verbunden ohne gemeinsame Sprache. Das Ahnen um die Jahrhunderte, das sich in den Menschen breitmacht, die Kunst und das Scheitern an ihr, der Malergatte führen das alternde Kind in eine Freiheit, die keine vollkommene ist, aber doch eine, die in größere Leiden und dünnere Luft mündet, ins Glück einer Orientierung, die den Dialog erschwert. Die Tochter kann nicht mehr falsch mit der Mutter Liebeslieder trällern. Sie lehrt sich das selbst, anders, wieder, doch da ist die Mutter schon lächelnd, ohne Krankheit, gestorben. Ich lerne das Trauern.

»Ohnmacht« ist, in dieser Gestalt, zuerst in dem Sammelband Ansprüche *1983 im Suhrkamp Verlag erschienen.*

Inhalt